그 길 나를 곁눈질하다

우 리 글
미니픽션
4

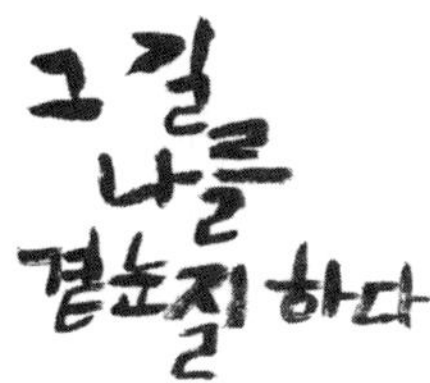

구자명 구준회 김민효 김병언 김은경 김의규 김정묘 김진초 노순자
박종윤 배명희 백경훈 서지원 심아진 안영실 유경숙 윤신숙 이목연
이시백 이진훈 이하언 임상태 임왕준 최서윤 최옥정 황충상

우리글

미니픽션을 찾으러 가는 길

박병규 서울대학교 라틴아메리카연구소 HK연구교수

하나둘씩 짐을 꾸렸다. 두 눈으로 미니픽션을 확인하리라는 다짐만큼 야무지게 신발 끈을 묶었다. 세상에는 길을 나선 사람들이 많았다. 행선지는 같지 않았다. 제아무리 즐거운 길동무라도 갈림길에서는 못내 헤어져야 했다.

어느 동네 어귀가 부산했다. 단상에 올라선 사람이 서쪽을 가리키고 있었다.

"저 산을 넘으면 미니픽션이 보입니다."

사람들은 고개를 돌렸다. 아득히 먼 곳에 높은 산이 보였다. 일순간에 기대는 회의로 바뀌고 있었다.

"지도는 있습니까?"

날카로운 목소리가 물었다.

단상에 서 있던 사람은 고개를 가로저었다.

"그렇지만 지도가 길은 아닙니다."

사람들은 엉덩이를 털고 일어났다.

앞서거니 뒤서거니 다시 길을 떠났다. 얼마 가지 않아 제법 넓은 개울이 나타났다. 바지를 걷고 앞장서 개울로 들어선 사람은 건널 만하다고 손짓했다. 키를 훌쩍 넘는 갈대밭에서는 소리를 질러 서로의 위치를 확인했다.

저만큼 떨어진 곳에서 풍광을 스케치하는 사람, 입을 가리고 낮은 목소리로 전화하는 사람, 풀잎에 베인 상처를 다스리는 사람도 있었다. 어떤 이는 생고구마를 쓱쓱 문질러 한 입 깨물려다가 옆 사람에게 내밀었고, 어떤 이는 시원한 나무 그늘이 눈앞인데도 일부러 구불구불한 논둑길을 따라 우회했다.

화사한 봄날 강변에서 만나면 그 자리에 눌러앉아 애기꽃을 피웠다. 누구는 땡볕이 내리쬐는 사막을 만났고, 누구는 강물을 헤엄쳐 건넜으며, 누구는 눈보라 속에서 길을 잃을 뻔했단다.

그러나 높은 산에 올라가 미니픽션을 봤다는 얘기는 없었다. 관심조차 없었다. 이미 그 산은 동쪽에 있었기 때문이다.

이시백

- 선인봉 오줌싸개 코스 초등기
- 상계요산회 흥망시말기 上溪樂山會 興亡始末記
- 곁눈질 수도원

요즘 몽골병에 걸려서 헤어나지 못하고 있습니다.
반구로 열려진 고비 벌판을 거닐자면 도무지
어디가 길인지 알 수가 없습니다.
길이 없으니 모든 게 길이고
발길이 향하는 곳이 바로 길이 됩니다.
길이 없으니 잃을 길도 없고
그저 낮이면 제 그림자를 데리고 해를 향해 걷고
밤이면 별을 보고 걸을 뿐입니다.
사람의 삶도 그렇게 정해진 길이나 이정표란 것이 없이
메뚜기 소리 들으며 바람이 이끄는 대로
걷는 게 아닌가 하는 생각을 해봅니다.

1988년 단편소설 〈재회〉로 《동양문학》 1회 신인상으로 등단, 주요 작품으로 장편소설 〈종을 훔치다〉 〈메두사의 사슬〉이 있으며, 소설집으로 《갈보 콩》 《누가 말을 죽였을까》 《890만 번 주사위 던지기》 등이 있다.

선인봉 오줌싸개 코스 초등기

영배는 무서운 게 없는 아이였다. 덩치도 크고 주먹도 셌다. 그의 취미는 아이들 뒤통수 때리기요, 특기로 말하자면 지나가는 아이 딴죽 걸어 넘어뜨리기였다. 선생들도 그가 눈을 부라리면 들었던 매도 슬그머니 내려놓고 못 본 척했다.

영배는 열일곱 해를 살아오면서 남들이 말하는 무서움이라는 걸 느껴보지 못한 자신의 인생을 한탄했다. 간이 콩알만 해졌다느니, 등골이 오싹했다느니, 머리끝이 쭈뼛 섰다느니 하는 말을 들을 때마다 그게 어떤 느낌인지 궁금해 죽을 지경이었다. 그는 아이들에게 등골이 오싹하게 해보라고, 간이 콩알만 하게 해보라고 때렸지만 아이들은 그런 그가 무서울 뿐이었다.

그런 영배가 산악부에 들어왔다.

산악부 아이들이 바위에 매달려 찍은 사진을 보고 한눈에 빠진 것이다. 자신을 안 넣어주면 매일 오십 대씩 때리겠다고 협박하는 바람에 산악부원들은 별수 없이 그를 받아주었다.

두어 번 도봉산 기슭에서 야영을 해본 뒤로, 그는 완전히 산사람이 되었다. 그는 태초에 불룩 튀어나온 산들이야말로 바로 자신이 올라오기를 기다리고 있었던 것이며, 자신이 가스똥 힐러리 경보다 늦게 태어난 것이 분할 뿐이라고 통탄했다.

당장 남대문시장에 가서 에델바이스 스웨터에 니커 바지를 사 입고, 월남전에서 군인들이 신었다는 정글화까지 사 신었다. 그게 칠십년대로서는 최선의 등반가 스타일이었다. 그는 이불이며 어머니 잠옷까지 구겨 넣어 잔뜩 부풀린 기스링 배낭을 메고 버스의 좁은 출입문으로 남의 도움을 받아가며 올라타기를 즐겼다.

산에 가지 않는 날에도 그는 무거운 자일을 어깨에 얹고 다니기를 좋아했다. 옆구리에 비너*를 주렁주렁 매단 채 버스 안에서도 요들을 불러대는 바람에 버스에서 졸던 사람들은 갑자기 알프스 꿈을 꾸어야 했다. 요들레이 요들레이.

그는 세 번째 산행에서 아이들의 목을 조르고, 배를 두어 대 가격한 끝에 암벽등반을 따라나서게 되었다. 그는 어디에 쓰는지도 모르는 카라비너며 레다(줄사다리)를 꼭 제가 가져가겠다며 스크루우지 영감처럼 온몸에 주렁주렁 매달고 도봉산행 버스에 올라탔다.

도봉산 선인봉에 이르러 그는 맨손체조를 하고 대뜸 바위에 달라붙었다. 파리처럼 잘도 오르는 아이들을 따라 굴뚝처럼 생긴 침니를 용케 기어올랐다. 드디어 바위틈에 박쥐들이 살아서 이따금 오줌을

싼다는 박쥐 코스에 도착했다.

얼마쯤 올랐을까. 위만 쳐다보고 오르던 영배가 문득 아래를 내려다보고는 숨넘어가는 비명을 질렀다. 밑에서 볼 때는 별 것도 아닌 것으로 뵈던 바위가 갑자기 까마득한 절벽으로 뵈기 시작한 것이다.

숨이라도 크게 내쉬면 떨어질 것 같아 그는 숨도 크게 쉬지 못했다. 갑자기 바위를 딛고 있는 다리의 힘이 쑥 빠지고 후들거리며 떨리기 시작했다. 올라가지도 못하고, 내려갈 수도 없게 된 그는 바위에 들러붙어 떨어지지를 않았다. 앞에 오른 아이들이 빨리 오라고 외쳐도 그는 꼼짝도 할 수가 없었다.

"푸시! 히프 쪽 푸시!"

보다 못한 아이들이 손을 짚을 곳을 일러주었다. 영배는 엉덩이를 손으로 때 밀 듯 열심히 밀어댔다. 그걸 보고 아이들이 배꼽이 빠지게 웃었다. 엉덩이 쪽의 바위를 손으로 밀고 오르라는 말이었다.

영배는 아무 정신이 없었다. 매일 자기에게 꿀밤을 맞던 아이들이 한심하다는 듯 내려다보고 낄낄거려도 그는 화를 낼 여유조차 없었다. 바위에 돼지표 본드라도 발라놓았는지 그는 거기 붙어서 꼼짝을 할 수가 없었다.

기다리다 지친 아이들이 자기들끼리 정상까지 올라갔다 올 테니 그에게 도로 내려가라고 했다. 혼자 남겨지게 된 그가 다급하게 소리쳤다.

"도와줘!"

아이들은 무서운 게 뭔지 몰라 인생이 심심해 죽겠다던 영배가 도마뱀처럼, 진드기처럼, 거머리처럼 바위에 납작 엎드려 울먹이는 걸 신기한 눈으로 바라보았다.

"정말 도와줘?"

아이들의 물음에 그는 "제발!"이라고 대답했다. 아이들은 빙긋이 웃으며 근데 왜 기분 나쁘게 반말이냐고 물었다.

"도와주세요."

아이들은 안 들린다고 했다.

그는 목이 터져라 외쳤다.

"도와주세요. 도와주세요, 형님."

그는 징징거리며 사정했다.

"얘가 형님이면 나는 뭐야?"

아이 하나가 자신을 손가락으로 짚으며 물었다.

"살려주세요, 아저씨. 살려주세요, 할아버지."

영배의 형님과 삼촌과 아저씨와 할아버지가 그에게 다가가 앞에서 끌고, 뒤에서 밀었지만 그의 몸뚱이는 바위에 들러붙은 듯 전혀 움직여지지가 않았다.

보다 못해 영배의 삼촌쯤 되는 아이가 밑으로 기어 내려가 그의 다리를 한 발씩 떼어 아래로 끌어내렸다. 그때 영배의 삼촌 얼굴로 축축한 물이 떨어졌다. 바위틈에 산다는 박쥐가 오줌을 쌌나 보다고 투덜거렸다.

그런데 그의 얼굴에 떨어지는 물은 국수를 삶아 먹을 만큼 뜨듯했다. 영배의 삼촌이 올려다보니, 세상에 무서운 게 없어 인생이 소금 안 친 곰탕 같다던 영배의 흠뻑 젖은 바짓가랑이에서 물이 뚝뚝 떨어지고 있었다.

그 뒤로 ㅅ고 산악부에서는 선인봉 박쥐 코스를 '오줌싸개 코스'라 부르게 되었다. 들리는 말에 따르자면, 어른이 된 영배는 아파트에 이사를 가도 일 층만 골라가며, 친구들과 노래방을 가거나, 마누라 몰래 룸살롱에 갈 때도 두더지처럼 지하층만 골라 다닌다고 했다, 요들레이 요들레이.

*비너 : 등산할 때 로프를 거는 고리.

상계요산회 홍망시말기
上溪樂山會 興亡始末記

상계동에 글 쓰는 이들이 가까이 모여 살았던 시절의 이야기이다.

글 쓴다는 게 팔 할은 그냥 바람이 아니라, 술 바람이라는 전근대적 사고를 지닌 이들의 목소리가 아직 드높던 시절이니, 기껏 시 한 줄 써놓고 스스로 감격하여 뛰쳐나오거나, 그 한 줄도 못 채운 이들은 가슴이 터질 것 같다는 해괴한 변을 내세워, 흡사 황야의 수도승이 욕망을 이기지 못해 울면서 마을 불빛을 향하여 달려가던 심경으로, 술집으로 모여들어 비가 오면 비 온다고, 맑으면 날이 어찌 이리 화창하냐고, 하다못해 꽃이 피었다고 한 잔, 시든다고 한 잔, 시든 꽃을 밟기 애처롭다고 한 잔, 심지어는 꽃이 가버렸다고 한 잔이니, 세상의 꽃이란 것이 피거나 지거나 둘 중의 하나요, 세상의 날씨란 것이 맑지 않으면 궂은 것이니, 그 술을 입에서 떼지 않겠다는 말이나 다름없었다.

그 가운데 신통하게도 잠시 건전한 정신이 돌아온 이가 있어, 체력이 국력이라는 국가적 구호를 상기하여, 공휴일마다 등산을 다니자는 제안을 내놓았고, 마침 상계동 근처에는 북악을 비롯하여 유수한

이
시
백

고봉준령들이 멀지 않았으니 그 아니 좋을 수 없는 일이었다.

술집 탁자에 빙 둘러앉아 머리를 맞대고는 상계요산회上溪樂山會라 정식으로 이름까지 붙이고, 순전히 산을 잘 오르는 성씨를 가졌다는 이유만으로 마馬 씨가 회장으로 뽑히었더라.

이렇게 책상물림 글쟁이들이 감연히 술상을 떠나 산행에 나섰으니, 매사에 구색부터 앞서 갖추는 평소의 습벽대로, 저마다 백화점에 들러 울긋불긋한 등산복에, 족당 기십만원에 달하는 등산화를 사 신고, 히말라야 설산을 오르는 이들이나 짚고 다닐 성싶은 지팡이까지 들고 나선 이도 있더라.

역사적인 산행의 아침이 밝아오고, 설렘에 밤잠을 설친 이들이 평소의 게으름을 불식하고 빠짐없이 약속 장소인 김밥나라 앞에 모여, 도봉산으로 향하였다. 신선들이 기거하였다는 선인봉이 멀찌감치 보일 때, 모두들 차창 밖으로 목을 내어놓고 탄성을 연발하였다.

때는 춘삼월, 새들이 지저귀고, 닭장 같은 아파트에서 시멘트 바닥만 딛고 살아온 서생들에게 이제 막 푸릇하니 돋아난 제비꽃이며, 어린 풀들은 용궁의 기화요초나 진배없었다.

신선한 바람은 그동안 술에 찌든 폐장을 모처럼 시원하게 씻어내고, 여태껏 이리 좋은 걸 놓아두고 구중중한 술집에서 흘려보낸 세월들이 후회스럽다고 탄식을 금치 않더라.

그런데 아침마저 거르고 나선 이들의 코에 난데없이 기름 지지는 냄새가 날아들었으니, 등산로 입구에 즐비하니 들어선 가게마다 호객하러 일부러 가게 앞에 화덕을 내어놓고 파를 숭숭 썰어 넣은 부침개며, 감자전에 기름을 둘러댔다.

처음엔 선인봉만 바라보며 짐짓 코를 찌르는 기름내를 외면할 수 있었지만 가게들의 뇌쇄적인 냄새들은 끝 모르게 이어져 있었으니, 결국 전어인지 양미리인지 연탄불에 올려놓고 노르께한 연기를 피워대는 가게 앞에서 발이 오그라들어 한 걸음도 나아가지 못하기에 이르렀도다.

잠깐 요기 좀 하고 가자는 누군가의 말에, 금강산도 식후경이요, 먹다 죽은 놈은 때깔도 곱다더라는 화답이 이어졌다. 화덕 앞에 둘러앉아 알이 툭툭 튀어나오는 양미리를 뜯다보니, 술 한 잔이 어찌 빠질 수 있을까. 딱 한 잔만….

포천에서 빚었다는 막걸리 비닐 통이 초파일 연등처럼 추녀 밑에 주렁주렁 매달린 가게에 들어, 딱 한 잔으로 시작된 술판은 선인봉을 바라보며 마시는 상쾌함과 더불어 취흥을 더하는데, 노루 꼬리 같다는 봄날이 도원의 날들처럼 그렇게 빠르게 지나감을 감히 깨우치려 나서는 이가 없더라.

일장춘몽에 화무십일홍이라. 꾀꼬리 우지지고 녹음방초 한철이니 스도 형님이고, 모니 아제고 간에 아니 노지는 못하리라, 차차차. 취흥에 더불어 누군가 시작한 젓가락 장단이 한바탕 어깨춤으로 덩실거리더니, 상계요산회 초대 회장 마 씨는 탁주 대접을 등에다 집어넣고 곱사춤까지 추기에 이르렀도다.

취흥은 도도히 이어져, 어느덧 해는 저물고, 가는 봄날이 아쉬워 또 한 잔, 아침에 핀 꽃이 저녁에 마당 가득 하얗게 떨어졌으니 참 허망하다 또 한 잔, 봄밤에 요염하니 만발한 산벚들을 바라보며, 그도 내일이면 가고 없으리라, 서로 부둥켜안고 눈물 흘리며 또 한 잔하기를 쉼이 없어, 자정을 넘기어 새 날을 맞이하였다.

결국 돈도 싫고, 장사도 더 아니하겠다는 주모에게 등을 떠밀려, 야밤에도 문을 연다는 단골 술집으로 몰려가 하루 낮, 하루 밤을 더 마셔댔으니 그 취흥이 심히 장하였더라.

결국 상계요산회는 이렇게 선인봉 얼굴만 바라보며, 그 밑자락에서 노닐다가 그 장구한 새 역사의 흥망을 하루 봄날에 맞이하였으니, 이후로 상계동 글쟁이들은 당분간 뫼 산 자는 물론이고, 산 오징어, 산 낙지라는 먹음직한 말조차 입에서 내놓기를 심히 꺼리더라.

사족 : 상계요산회 초대 회장이며 동시에 마지막 회장격인 마 씨는 딱 한 번 발에 꿰었던 알파인 전문 등산화를 부인의 란제리로 바꿔 오라는 하명을 받자와 백화점에 들렀다가, 흠집이 나서 교환하여 주지 못하겠다는 등산용품점 여점원과 상당 시간 실랑이를 벌이는 모습이 목격되었다 하오.

곁눈질 수도원

늘 오지를 좋아해서 길 아닌 길만 찾아다니는 여행자가 있었다.

그는 모래바람이 길을 덮는 고비사막도 걸었고, 순례자들이 걸었던 산티아고의 길도 묵상하며 걸었다. 볼리비아의 소금사막도 땀을 흘리며 걸었고, 메뚜기들이 날아다니는 몽골의 초원길도 별빛을 보고 걸었다.

세상의 험한 길들을 다 걷고 집에 돌아왔을 때, 누군가 그에게 물었다. 어떤 길이 가장 행복하고 좋았느냐는 말에 그는 이렇게 대답했다.

"여행 짐을 싸들고 집을 나서는 길이라오."

그러면 어떤 길이 가장 멀고 힘들었느냐고 묻자, 그는 한숨을 쉬며 이렇게 말했다.

"마누라가 기다리는 집으로 돌아오는 길이라오."

가장 기억에 남는 길은 어디냐는 물음에 그는 잠깐 생각에 잠겼다가 이렇게 말했다.

"남미의 안데스를 넘을 무렵이었다오. 인적이 드문 산길을 혼자 걷

이
시
백

는데 다행히 가는 길목마다 표지판이 서 있었소. 아무런 글씨도 적혀 있지 않고 화살표만 이리저리 구부러지며 적혀 있었지요.

날은 저물어 가는데 기다리던 인가는 나타나지 않았소. 그때 다행히 목적지 '1㎞'라고 유일하게 문자가 적힌 표지판이 나타났소. 나는 안간힘을 다해 마지막 남은 길을 걸었소.

드디어 마지막 표지가 나타났소. 표지에는 '인생'이라고 적혀 있었소. 표지는 깎아지른 낭떠러지로 이어지고 있었소. 나는 절망하여 이런 못된 표지판을 세워 놓은 자를 원망하며 발길을 돌렸소.

그때 인생이라는 표지 밑에 작게 적혀 있는 글귀가 눈에 띄었소. '돌아갈 데가 있다면 당신은 (　)한 사람이다.' 그리고 그 괄호 속에 깨알처럼 적힌 글귀들이 뒤늦게 눈에 띄었소. 행복, 절망, 한심, 비참, 성공, 미련, 시간 많은, 건강, 섹시…

나처럼 낭패한 여행자들이 남긴 듯한 글 틈에서 나는 한 글귀에 눈길이 갔소. '곁눈질'. 혹시나 하는 마음으로 곁눈질을 하는 순간 여태껏 보이지 않던 불빛 하나가 눈에 들어왔소. 여행자들을 위한 수도원이지 않겠소?

늦은 저녁을 차려주며 수도원의 수사는 이렇게 말했다오. "신이 사람에게 목을 만든 것은 이리저리 돌아보라는 뜻이지요. 앞만 보고 가다보면 길을 잃고 말지요."

안 영 실

- 죽살이길
- 한계령
- 길 싸움

몸으로 쓰는 길은 사랑이 되고
평생을 닦은 길은 예술이 된다.
사람은 누구나 길을 만들고, 길을 묻고, 길을 쓴다.
그러기에 길은 눈물겹고 또한 눈부시다.
아주 오랫동안 자식이 나가야 할 길을 쓸고 닦았다.
잊혀져버린 골목길을 비질할 시간이 다가오는가.

1996년 〈부엌으로 난 창〉으로 《문화일보》에 소설 등단.

죽살이길

　이천에 갔다가 옹기장이 정 씨의 이야기를 들었소. 기우듬한 나무 옆 평상에서 막걸리를 마시며 놀던 노인들이 마침 지나가던 내게 담배를 청했소. 담배 한 갑을 드리고 돌아서려니까 한 노인이 담뱃값으로 이야기나 듣겠냐고 했던 거요. 이 이야기를 옮기는 이유는 나도 잘 모르겠소.

　옹기장이 정 씨는 벌써 반 년이나 사당패를 따라다녔다. 움에서 만든 옹기를 장날에 내다 팔던 그는 어느 날 장터에 판을 벌인 사당패의 줄광대를 보았다. 패랭이를 쓰고 줄 위에서 재주를 부리고 있었다. 줄 위를 나풀거리며 걷다가 금방 훌쩍 뛰어올라 뒤로 도는 모습은 한 마리 흰나비가 날아오르는 것 같았다. 뽀얗게 분칠하고 남장을 했지만 오똑한 콧날과 앵두처럼 쫑긋거리는 붉은 입술이 젊은 여인인 것을 감출 수가 없었다.

　옹기장이는 싣고 간 옹기를 팔 생각도 않고 줄광대에만 눈이 팔렸다. 이천에서부터 전주, 정읍을 따라 다시 모란까지 따라온 옹기장이를 사당패의 꼭두쇠가 놓칠 리 없었다. 닳고 닳은 꼭두쇠는 옹기장이가 어수룩하고 만만한 사람이라는 것을 금방 간파했다. 싣고 간 옹기를 판 돈은 물론이고, 열다섯 살부터 옹기점에서 시작하여 번 돈을 모두 빼앗기고서야 줄광대 여인을 안았다.

밤이 지나고 아침이 되자 여인은 자신을 안은 사람이 알금뱅이에 밥풀눈을 한 나이든 옹기장이라는 것을 알았다. 게다가 하룻밤이 아니고 자신의 평생이 묶였다는 것을 알고 눈이 통통 붓도록 울었다. 한 달이 지나고 두 달이 지나도 예쁜 색시는 살림에도 남편에게도 마음이 없었다. 사당패에서 줄을 타던 시절만 그리워하며 멍하니 사립문 밖을 바라보며 앉아 있었다.

할 줄 아는 것이 옹기 만드는 일밖에 없었던 옹기장이는 장광 안을 늘씬한 독들로 채우고, 서리개며 대접, 촛병, 마자와 확, 뚝배기도 정성들여 만들었다. 예쁜 색시는 그것들을 제대로 쳐다보지도 않았다. 옹기장이는 자신이 옹기를 만드는 정성이 부족해서라고 믿고 더 열심히 옹기를 구웠다.

아무리 멋진 옹기가 나와도 예쁜 아내는 여전히 먼산바라기를 할 뿐이었다. 오히려 옹기점을 찾아온 손님들이 옹기를 알아보았다. 만들어진 옹기들은 순식간에 팔려나갔다. 소문이 난 옹기점은 일꾼을 열 명이나 더 둘 정도로 일이 바빠졌고 구차하던 살림은 유복해졌다.

그러나 사당패를 그리워하던 옹기장이의 아내는 시름시름 앓기 시작했다. 유명한 의원을 불러 침을 놓고 약을 지었지만 그녀는 미음도

안영실

약도 거절했고 병은 점점 깊어졌다. 아무리 헌신적으로 간호해도 그녀는 남편에게 마음을 주지 않았고 날로 수척해질 뿐이었다.

"사당패가 요 아랫동네 장에 왔다는 소문을 들었소. 그곳으로 다시 가고 싶소?"

아내는 눈에서 생기가 돌며 고개를 끄덕였다. 그리고 미음을 삼키고 약사발을 들이켰다.

아내를 떠나보내고 난 후, 옹기장이는 옹기를 만드는 일이야말로 자신의 천직이라 믿으며 열심히 옹기를 만들었다. 여러 해가 지나 옹기장수는 아주 부자가 되었지만, 그는 여전히 아내가 그리웠다. 꿈결같이 보드랍던 속살의 기억을 잊을 수가 없었다. 발그레한 뺨과 뾰로통한 입술, 새까만 눈이 미치도록 보고 싶었다.

옹기장수는 옹기점을 닫고 사당패의 흔적을 찾아다니기 시작했다. 남도 땅을 따라 이동한다는 사당패의 소문을 듣고 찾아갔으나 다른 사당패였다. 충청도며 강원도, 고을마다 샅샅이 훑었으나 그녀가 있는 사당패는 찾을 수가 없었다.

병들고 지쳐 고향에 돌아온 옹기장이는 자리에 누워서도 그녀를 생각했다. 멍하니 사립문을 보며 앉아 있던 그녀의 뒷모습이 그립고 그리웠다. 옹기장이는 그녀가 앉아 있던 마루 끝에 앉았다. 마치 그녀의 몸뚱이가 아직도 남아 있는 것처럼, 자신의 몸을 그녀의 몸뚱이에 포갰다. 몇 날 며칠 동안 그 자세 그대로 앉아 있던 옹기장이는 조용히 숨을 거두었다.

달포가 지나서야 옹기점을 찾은 이웃이 그를 발견했다. 앉은 채로 죽어 쪼그라든 그의 몸뚱이는 어쩐지 작은 젓독처럼 보였다. 그리고 그에게서는 짠물에 절여진 젓독 냄새가 났다.

아직도 나는 이 글을 자네에게 보낸 이유를 찾을 수가 없소. 처음부터 아내가 있는 줄 알면서도 나를 만났으니 속인 것은 없지만, 자네에게 해줄 수 있는 것이 없으니 안타깝소. 나도 옹기장수처럼 짠물에 절여진 젓독이 되고 싶다는 생각을 했소.

사랑이 이루어진다는 것이 무엇이라 생각하오? 흔히 말하는 결혼일까? 나는 서로 사랑하게 된 그 순간이라 믿고 싶소. 갓밝이에 잠이 깨어 이런저런 생각들로 복잡했소. 담뱃값으로 들은 이야기가 마음에 남아 이렇게 보내오.

한계령

어둠을 밀어내며 팽팽한 조명이 무대 중앙에 놓였다. 휑하게 빈 무대. 관객들조차 숨을 멈춘 정적의 시간. 왜 미리 무대에 나오지 않았을까? 걱정과 우려가 교차되는 시간. 정적이 조금 길어지자 여기저기서 작은 기침소리와 수군거리는 소리가 들렸다. 무슨 일이지?

조금 전까지 나는 무대 뒤에서 할머니가 한복으로 갈아입는 것을 도와드렸다. 보자기에서 나온 흰 무명옷을 보았을 때, 가슴이 철렁했다. 저고리 고름은 짧고 앞섶은 터무니없이 길었다. 유행이 지난 수십 년 전의 옷으로 도대체 뭘 보여주겠다는 것인가. 숙고사며 항라로 만든 날개옷이라도 입었다면 조금 나아 보였을 텐데. 옷고름을 맬 때 나프탈렌 냄새가 코를 찔렀다. 나는 얼굴이 확확 달아올랐다.

예인전藝人展이라니! 부채를 놓은 후로 한 번도 연습을 하지 않았으니 이미 예인이라고 하기 어렵다며, 십 년 전에 기자가 찾아와 부탁을 했을 때도 허락하지 않던 할머니였다. 건강도 좋지 않은 아흔이 다 된 나이에 왜 무대에 서겠다고 한 것인지 나는 알 수가 없었다. 오늘은 제대로 망신 당할 일만 남았다고 나는 체념했다.

할머니는 '채 맞은 생짜'였다. 얼굴로 술상에 앉은 나무기생이 아니라 제대로 학습한, 요즘말로 하자면 예술가였다. 예인에 대한 대접을 해주는 사람은 적었고, 기생이라고 손가락질 받는 세월을 살았다고 했다. 노래와 춤으로 자식들을 키웠고 집안을 건사했지만, 기생이었던 어머니를 자식들은 부끄러워했다.

내가 노래를 한다고 했을 때, 할머니는 기생의 피를 내세울 일 있냐며 돌아앉았다. 노래가 대접받는 시대라는 것을 알면서도, 천대받던 시절을 떠올리며 본능적으로 몸을 웅크렸다. 음반이 제법 팔리고 방송에서 얼굴이 알려지고서야 할머니는 내게 무릎을 내주었다.

그런데 정말 무슨 일이 생긴 것은 아닐까? 긴장감을 못이긴 할머니가 쓰러지기라도 한 것일까? 순간, 유장한 대금의 소리가 흐르더니 할머니가 서풋서풋 걸어 나왔다. 무명옷은 헐렁하여 옷과 어깨가 겉돌고, 키가 줄어들어 옷자락이 질질 끌렸다. 왼쪽 무릎이 아파서 살짝 저는 굼뜬 걸음걸이, 저런 몸으로 무슨 노래를 할 수 있을까, 나는 아슬아슬한 심정이었다.

그러나 정적 속을 홀로 걸어 나오는 이는 이미 초라한 무명옷의 늙은이가 아니었다. 무대 중앙에 선 할머니는 단박에 들꽃처럼 향기롭고 장군처럼 의연했다. 첫 박에 슬며시 올라간 소매 자락의 선은 그 무엇도 끼어들 수 없는 완벽한 소매, 완벽한 손가락이었다. 치켜든 검지를 나붓이 감싸는 모양의 세 손가락과 그 손가락들의 가벼움을 지그시 누른 엄지의 소리 없는 방향.

안영실

나는 주르르 눈물이 흘렀다. 저 완벽한 몸짓을 보여주려고 할머니는 평생을 기다려 왔던 것이다. 올라간 소매가 산들바람에 흔들리는 조릿대처럼 낭창거리는가 싶더니 소리가 터져 나왔다. 평생을 묻어두었던 소리였다.

"추강이––– 적–막–"

서릿발같이 하늘로 치올려진 초성에 공연장에 모인 사람들은 호흡을 삼켰다. 낭창거리는 요성은 서시의 뒤태였다. 무대 위에 할머니는 없었다. 다만 익고 익은 소리만 있었다. 소리는 실골목을 내어 길을 만들고 여울과 다투며 넘나들었다. 자드락길과 모롱이를 돌아 된비알로 쏠려 내려가다 멧부리에서 멈추었다.

멧부리에 걸린 소리는 삿갓구름과 함께 천 길 아래 벼랑으로 떨어져 굽이친 길들을 향해 내달렸다. 아흔아홉 고개고개 산이 첩첩. 그것은 바로 한계령이었다! 스스로 한계에 몸을 던지고, 손가락질 받으면서도 몸으로 써내려간 할머니의 길. 사람이 길을 쓰고 길이 사람을 품고 어른 예인의 길. 한이 담긴 소리였고 또 그 너머의 무엇이 넘친 소리였다.

이윽고 소리가 부드럽게 바닥에 맺히자 모두 일어나 박수를 쳤다. 박수는 이어지고 또 이어졌다. 어떤 할아버지는 "옥당玉堂!" 하며 소리쳤다. 완벽한 구슬처럼 완벽한 무대였다는 뜻이었다. 할머니는 스물다섯의 채 맞은 생짜가 되어 너볏이 인사를 올렸다. 인사가 끝나도 기립박수가 이어지자 할머니는 영문을 모르겠다는 듯 어색하고 수줍

게 옷섶을 여몄다. 박수 저 너머로 펼쳐진 아흔아홉 고개 굽이굽이
한계령은 무대를 넘어 멀고 먼 곳으로 이어 펼쳐졌다.

안영실

길 싸움

이른 아침부터 진달래언덕 위에는 사람들이 모여들었다. 오전 열시가 되자 거의 오백여 명의 사람들이 모였다. 각 아파트 단지의 부녀회를 중심으로 모인 사람들은 대부분 아줌마들이었다. 모여든 사람들은 메가폰을 쥔 신세계아파트 황 여사의 지시에 따라 일렬횡대로 모여 앉았다. 며칠 전에 내린 눈으로 도로는 미끄럽고 대충 신문지를 깔고 앉은 궁둥이는 말할 수 없이 차가웠다.

"황 여사는 대학 때 응원단장을 했다더니, 여기서도 앞에 서네요. 그런데 좀 이상해요. 어제 나와 있던 아파트 부녀회장들하고 통반장들은 어째 그림자도 보이지 않잖아요. 모두 어디로 간 건지 이상하다는 생각 안 들어요?"

눈치가 빨라 생쥐엄마라는 별명을 가진 여자가 201호에게 물었다.

"글쎄요. 나도 이런 곳은 질색인데, 어제는 오늘 나오지 않으면 배신자가 되는 분위기였는데… 포클레인도 다섯 대나 왔네요."

201호는 포클레인 옆에 있는 세 대의 관광버스가 어쩐지 더 불안하게 느껴졌다.

"이름 내고 나서던 사람들은 사라지고, 어쩐지 분위기도 수상해요."

생쥐엄마가 관광버스를 가리키며 말했다. 창문을 모두 커튼으로 가린 관광버스는 새벽부터 그 자리에 서 있었다는데, 드나드는 사람은 없지만 빈 버스는 확실히 아니라는 것이었다.

201호는 지금이라도 집으로 가고 싶었다. 그러나 함께 온 이웃들을 뒤로하고 빠져나간다는 건 어쩐지 부끄러운 행동이라는 생각이 들어서 이러지도 저러지도 못해 시린 궁둥이를 들썩거렸다.

용인시장으로 새로 취임한 H 씨는 몇 가지 공약을 내세웠는데, 그 중의 하나가 용인시의 교통난을 해소하기 위해 분당의 산허리를 잘라내어 길을 뚫겠다는 것이었다. 진달래언덕이 가장 고도가 낮아서 잘라내기 좋은 곳이라고 했다. 문제는 길이 뚫리면 극심한 출퇴근 도로 정체가 아파트 바로 앞까지 이어질 분당 주민들이었다.

일을 주도한 부녀회와 통반장들은 도로 정체로 인해 아파트 가격이 떨어질 것이며 차가 많이 다녀서 공해가 심해지고, 교통사고 발생도 늘어나게 된다며 주민들을 설득했다. 다른 이유들도 타당했지만 가장 설득력이 있었던 것은 아파트 가격 폭락이었다. 주민들은 당장 재산 1호인 아파트 귀퉁이가 조금씩 떨어져나가는 기분 나쁜 상상을 하지 않을 수 없었다.

H 시장에게 분당의 힘을 보여줘서 진달래언덕을 잘라내는 일은 꿈도 꾸지 못하게 하겠다는 것이 이번 시위의 목표였다. 오늘이 바로

용인시에서 길을 뚫겠다고 예고한 날이었다. 그런데 단결된 우리의 힘을 보여주자며 목소리를 높이던 사람들이 보이지 않으니 모여든 사람들은 불안에 휩싸였다. 멀리 서 있는 세 대의 수상한 관광버스가 그 불안에 더 부채질을 했다.

"저거 혹시 깡패들 동원한 것인지도 몰라요. 전에 재개발아파트에서 개발 반대 데모를 했을 때도 저런 버스에서 깡패들이 내리더니 싹 쓸어버렸다니까요!"

그렇지 않아도 불안한 201호에게 생쥐엄마는 눈치도 없이 떠들어댔다. 사실 뚫겠다는 길을 막는 일은 이치에 맞지 않다는 것을 201호도 알고 있었다.

서울에서 분당으로 온 지 여섯 달이 되었지만 201호는 이야기할 상대가 없었다. 쉽게 문을 열어주지 않는 아파트 사람들과 사귀기는 쉽지 않았다. 아파트 가격이야 오르든 떨어지든 큰 상관없지만, 이번 기회에 사권 옆집 사람들을 잃고 싶지는 않았다. 게다가 진달래언덕은 주말마다 201호 가족들이 자주 찾던 곳이었다. 추억이 깃든 언덕이 없어진다니 서운한 일이 아닐 수 없었다.

앞에서 호각 소리가 들렸다. 언덕 위에 모인 아줌마 부대는 스크럼을 짜기 시작했다. 옆 사람의 팔에 자신의 팔을 걸고 두 팔을 엇갈려 팔짱을 꼈다. 스크럼은 어떤 큰 힘과도 대항할 수 있을 만큼 튼튼해 보였다. 바람이 불어 손도 발도 시리고 얼굴이며 귀마저 얼얼한데 스크림을 짜니 서로의 체온이 전해져서 춥지도 않았다.

그때였다, 관광버스의 문이 열린 것은. 문이 열리고 건장한 남자들이 쏟아져 나왔다. 201호는 갑자기 소변이 마려웠다. 아니 대변이 마려운 것 같기도 하고 등줄기에 불이 붙은 것 같기도 했다. 응원단장 황 여사의 구령에 따라 스크럼은 점점 촘촘해지고 응원가 소리도 커졌다. 남자들은 생쥐엄마와 201호가 스크럼을 짠 앞에서 한 줄씩 뭉텅이로 모여 섰다.

남자들이 차곡차곡 뭉텅이를 만드는 동안 아줌마들은 특유의 앙칼진 응원가로 목소리를 높였다. 뭉텅이들이 서서히 앞으로 다가오는 동안 아줌마들은 점점 더 히스테릭하게 소리를 질렀다.

"어쩌자고 우리가 제일 앞에 서게 된 거죠?"

생쥐엄마가 먼저 울음을 터뜨렸다. 이윽고 뭉텅이들이 생쥐엄마와 201호가 스크럼을 짠 줄을 먼저 접수했다. 남자 하나가 아줌마 하나씩을 붙들어 스크럼을 해체하여 옆으로 던졌다.

눈매가 매서운 남자가 201호를 붙들었다. 201호는 저도 모르게 삼단 고음 비명을 질러대기 시작했다. 세상에 부딪혀 어려울 때, 뭐든 일이 안 풀릴 때 삼단 고음을 지르면 많은 것들이 해결되곤 했다. 201호로서는 가장 강한 무기였다.

그러나 이번에는 통하지 않았다. 매서운 눈매는 무서운 힘으로 그녀를 안아 짓누르며 말했다.

"아줌씨! 집에 가서 솥뚜껑 운전이나 해! 나와서 지랄 떨지 말고."

안영실

201호로서는 처음 겪는 거대한 힘이었다. 작렬하는 삼단 고음 비명에도 불구하고 201호는 도로 밖으로 밀려났다. 힘에 대한 적의와 열패감과 또 뭐라 표현할 수 없는 부끄러움으로 201호는 계속 삼단 고음 비명을 질러댔다. 매서운 눈매와 이 모든 상황, 외롭지 않으려고 시작한 일의 결말이 비명처럼 갈가리 찢겨졌다.

삼십 분 뒤 201호는 병원에 누워 링거를 맞고 있었고, 생쥐엄마는 삼단 고음 비명에 대해 놀려댔다. 201호는 극심한 스트레스로 혀가 굳어 몇 시간이나 고생했지만 몇 명의 친구를 얻었다. 진달래언덕은 동강이 났고, 몇 달 후 차들은 아파트 앞을 쌩쌩 지나다녔다.

이진훈

익숙한 길에서 벗어나 내 길을 내고 싶다.
너무 오랜 세월 남들이 내놓은 길만 걸은 것 같다.
그러나 아직도 요원할 뿐!

2006년 《시세계》로 등단.

아버님, 처음 뵈었습니다

　아버님, 오늘에야 아버님 얼굴을 처음 뵙습니다. 아버님, 우리의 만남이 몇 년 만인가요? 제 나이가 올해 마흔하나이니까 사십일 년 만인가요? 아, 아니군요. 우리 나이 계산법은 낳자마자 한 살을 덤으로 얹어주니 꼭 사십 년 만입니다.

　따지고 보면 아버님, 우리 식 나이 계산법이 맞기는 해요. 뱃속에서 열 달을 살다 나왔으니 낳자마자 한 살로 인정해주는 것이 훨씬 과학적인 셈이지요.

　아버님을 모시고 이사 가는 이 길이 왜 이리도 기쁘고 설레는지 모르겠습니다. 사시사철 스물네 시간 난개발 공장지대에서 분진에 공장소음에 악취에 시달리시다가 새소리 물소리 바람소리 끊이지 않는 심심산골로 이사를 가시니 아버님도 기쁘신가요?

　저는 영영 아버님을 못 뵐 줄 알았거든요. 주변 분들이 부자간 인연을 이어주려고 네 아버지는 이랬단다 저랬단다 아무리 설명을 해주어도 무엇 하나 감이 잡히는 것이 없었습니다.

　"느이 아버지는 법 없이도 살 사람이었지. 그렇게 착한 사람 본 적이 없단다.”

“네 아버님은 일밖에 모르고 사셨단다. 허구헌 날 논밭 귀퉁이에서 일에 치여 사셨지.”

“그 사람 바보였지. 이렇다 저렇다 자기 생각을 한 번도 아버지께 말씀드려본 적이 없었으니까.”

“네 아버지 웃는 모습을 거의 본 적이 없단다. 아무리 좋은 일이 있어도 기껏해야 씩, 한 번 눈웃음이나 칠 뿐 여간해서는 감정을 드러내는 일이 없었지.”

“꼭뒤에 부은 물 발뒤꿈치로 간다고 즈이 아버지가 새우를 안 먹더니 너도 새우를 안 먹는구나.”

아버님, 제 무릎에 앉아 가시니 편안하신가요? 아버님의 따스한 온기가 무릎에서 전신으로 번져갑니다. 이 나이 먹도록 아버님 품에 안겨보기는 커녕 아버님께 이름 한 번 불러본 적 없는 제가 아버님을 무릎에 안고 아버님의 새집으로 이사를 갑니다. 제가 왜 통곡을 해도 시원치 않을 오늘 이렇게 기쁘고 설레는지 아시겠어요?

아버님의 유택을 허물고 유골을 수습하는 데 산역하는 사람들이 아무리 찾아도 나오지를 않는다고 하며, 간혹 이렇게 유골이 유실되는 수가 있다고 설레발을 쳐댔습니다. 윤달을 맞아 산역꾼이 달리자 초보 날탱이들이 와서 작업하는 것 같아 심사도 뒤틀려 있는 데다가 한편으로는 땀을 비 오듯 쏟으며 땅을 파는 모습을 보며 안쓰러운 생각도 들어 그럼 별 수 없지 않겠나, 흙 한 줌 대신 가져다 새 유택에 봉안하면 되지 않을까도 생각했었습니다.

죄송스런 말씀이지만 솔직히 유골이 있으면 어떻고 없으면 어쩔 것인가 하는 생각마저 들었습니다. 이미 사십 년 전 일인 데다가 내가 태어나기도 전에 돌아가신 아버지인데, 비록 유골이 수습된다 해도 육탈이 다 되었을 테니 얼굴 모습을 볼 수 있는 것도 아니다보니 그랬던 것이었습니다.

그때, 그럴 일이 없다고, 방금 전에 작업한 증조부는 백 년이 넘었음에도 유골이 모두 그대로 수습되었는데 사십 년밖에 지나지 않은 형님의 유골이 모두 사라졌다는 것은 말이 안 된다, 다시 제대로 찾아보라는 숙부의 질책에 팀장 격인 사람이 교대로 들어가 작업을 다시 시작했습니다.

다행히 팀장은 작업이 노련하여 얼마 지나지 않아 유골을 하나둘 수습하기 시작하였습니다. 발가락뼈에서 시작되어 정강이뼈 대퇴골 천골 장골 척추골 늑골 견갑골 쇄골에 이어 하악골까지 하나하나 어두운 땅속에서 나와 실로 사십 년 만에 아버님은 윤삼월 따스한 봄 햇살을 쪼이셨습니다. 그리고 마지막으로 두개골이 새로운 세상에서 숨을 쉬게 되었습니다.

염사殮師가 유골 하나하나를 정성스레 털고 닦아 두개골부터 발가락뼈까지 칠성판 위에 누이자 숙부께서 착잡한 제 마음을 풀어주시려는 듯 아버지 처음 뵙는데 기념사진 하나 찍을 테냐며 농을 걸어

오셨습니다.

아버지 같다는 느낌도 들지 않았던 터라 사진은 무슨 사진이냐며 웃어넘기는데 순간 시선이 나도 모르게 염사가 잘 맞춰놓은 아버님 두상의 치열에 꽂혔습니다.

재작년엔가 이젠 외모에 관심을 두기 시작한 딸아이가, 그러니까 아버님의 유일한 손녀지요, 치아교정을 해달라고 조른 적이 있었습니다. 하필이면 아래 앞니 하나가 오른쪽으로 휘어 거울을 볼 때마다 눈에 거슬렸던 모양입니다. 그게 다 아빠 탓이라며 아빠가 책임을 져야 한다나요? 사실 제 아랫니도 그렇거든요. 저야 뭐 치아교정 운운하며 조를 아버지도 없었고, 제가 자라던 그 시절에는 교정이라고 하면 원고교정만 생각했지 누가 치아교정을 생각이나 했나요?

딸아이의 성화에 욕실에 가서 제 아랫니를 유심히 들여다보며 이 참에 부녀가 함께 교정을 할까도 생각했지만 돈 생각도 나고 딸애가 아직 어린 나이라 포기를 했습니다.

그런데 오늘 아버님의 치열을 보니 어쩌면 그렇게 제 치열과 똑같던지요. 어, 어떻게 아버지 치열과 내 치열이 똑같지 하고 감탄하는 소리를 들으신 숙부께서도 이를 드러내 보이시며 당신도 그렇다고 하셨습니다. 옆에 섰던 사촌동생의 치열 역시 저보다는 덜했지만 아랫니 하나가 오른쪽으로 휘어 있는 것을 오늘에야 알았습니다. 오늘 함께 모시고 이사를 가시는 할아버님 치열도 그제야 다시 살펴보았더니 역시 똑같으시더군요.

아버님, 오늘에야 비로소 제가 아버님의 아들이라는 것을 분명히 알았습니다. 그간 제사를 모실 때도 날이 다가오는 것을 귀찮아 하거나 심드렁했던 적이 한두 번이 아니었는데 이젠 마음을 고쳐먹어야 겠습니다.

어느 날 하늘에서 뚝 떨어졌거나 땅에서 불쑥 솟아오르지 않고 아버님의 혈육임이 분명함을 알았으니 할아버님과 아버님을 모시고 이사 가는 이 길이 어찌 설레고 기쁘지 않겠습니까?

아버님, 할아버님과 먼저 새집에 가서 편히 쉬고 계십시오. 아래 앞니 하나가 흰 우리 가족들도 때가 되면 곁으로 가겠습니다.

하굣길

아버지, 요즘 고등학교 등록금이 얼마나 하는지 아세요? 개똥밭 이승을 떠나 천상 낙원에 올라가 세상모르고 잘 살고 있는지 스무 해나 흐른 애비한테 웬 뜬금없이 등록금 타령이냐고 하시겠지만 제가 아직도 그 등록금 때문에 노심초사하고 있답니다.

아버지의 손주 세 명을 대학에 보내 둘은 졸업시키고 하나는 아직 다니고 있어서 등록금 걱정이 이만저만이 아니긴 했지요. 둘이 졸업을 했다고는 하지만 둘 다 정부 융자를 얻어 등록금을 납부했기 때문에 아직도 다달이 제 월급의 삼분의 일씩 꼬박꼬박 떼어간답니다.

거기다가 대학 졸업 후 좋은 직장 잘 다니던 큰손녀가 회사 때려치우고 다시 대학원에 진학한 탓에 학교선생 월급 받아 뒤치다꺼리하자니 등록금 걱정이 끝이 없습니다.

그렇다고 오늘 제가 아버지께 애들 등록금이나 하소연하자고 이렇게 주저리주저리 푸념을 늘어놓는 것은 아닙니다. 그냥 술 한잔 마신 뒤 아버지 생각이 나서 그러는 거예요. 뭐 갑자기 아버지 생각이 불현듯 난 것은 아니고 오늘 학교에서 무슨 일이 하나 있었거든요.

이진훈

아버지, 제가 학교선생인 거 아시잖아요? 대학 졸업 후 다른 직장으로 가겠다고 했을 때 단연코 학교로 가야 한다고, 작은 시골마을이지만 조상 대대로 서당 훈장을 지낸 집안이니 대를 이어 선생을 해야 한다고 강권하셔서 제가 이 길로 들어섰잖아요.

선생 노릇을 하다 보니 가끔 신물 나는 이야기를 들을 때가 많아요. 오늘도 졸업을 앞두고 소위 졸업사정회라는 것을 했습니다. 누구에게 무슨 상을 주고, 누가 졸업하는 데 결격 사유가 있는가 따위를 조사하여 결정하는 것이지요.

사정회 때마다 우습게도 가장 관심거리가 등록금 미납자 처리 문제입니다. 상장을 주는 일이야 모두 전산 처리된 성적순으로 처리하면 되지만 등록금을 미납한 학생은 졸업을 유예시켜야 되거든요. 그렇다고 정말 졸업을 유예시킬 수도 없는 노릇이다 보니 관례상 담임에게 의견을 묻지요. 그러면 담임들은 대개 "제가 책임지겠습니다." 하고 넘어가게 마련입니다.

그런데 오늘은 한 담임이 일어나 "저는 책임지지 못하겠습니다." 하는 것 아닙니까? 사연을 들어본즉 3학년에 올라와 한 번도 등록금을 낸 적이 없는 학생인데 그렇다고 생계곤란자도 아니어서 등록금 지원 대상자도 아니랍니다. 부끄럽게도 학생의 모친은 학교선생이라고 합니다.

뻐꾹새 우는 사연이야 어찌 집집마다 없겠습니까마는 도무지 이해가 되지 않아 퇴근 후 그 담임을 불러 술 한잔하며 자초지종을 들어

보니 이혼한 가정의 학생인데 교사인 학생의 어미가 차일피일 미루고
있다는 겁니다.

아버지는 아시는지 모르겠습니다만 교사의 자녀들은 고등학교까
지 등록금이 지원됩니다. 그럼에도 그 어미라는 여자가 왜 등록금을
내지 않는지 분통이 터졌습니다. 그 담임과 이런저런 이야기를 나누
다가 헤어진 뒤 소화도 시키고 술도 깰 겸 한강변을 걷다가 문득 아
버지 생각이 난 것입니다.

아버지 그때 기억하세요, 내 중학교 3학년 가을 3기분 등록금 내
던 일? 우리 애들 등록금 마련할 때나 학교 학생들 등록금 문제가 생
길 때마다 저는 또렷이 기억을 한답니다.

중학교 3학년 2학기 중간고사를 며칠 앞둔 어느 날, 담임 선생님
은 종례시간에 3기분 등록금을 내지 않은 학생들은 중간고사 시험
을 치를 수 없다는 폭탄선언을 하였습니다.

이제 와서 생각하면 그도 그럴 것이 1970년 전후는 내남직없이 가
난하기 이를 데 없는 시대였지요.

그때 담임교사의 역할 중 으뜸은 아이들을 잘 가르치는 데 있기보
다 등록금 잘 걷어내는 데 있었지요. 교무실 칠판 한쪽에는 각 반별
등록금 납부현황이 막대 그래프로 그려져 있었습니다.

들리는 이야기로는 교직원회의 때마다 교장선생님은 그 막대 그래
프를 가리키며 등록금 납부 실적이 저조한 담임들을 다그쳤다고 합
니다. 하긴 등록금을 걷어야 교직원 월급을 줄 수 있던 시절이었으니

이진훈

그럴 만도 하지요.

중간고사를 못 본다는 말에 겁을 잔뜩 집어먹은 저는 종례가 끝나자마자 고모네로 달려갔지요. 시골에서 올라와 고모 댁에서 기숙을 하던 때였으니까요.

급한 상황을 들으신 고모 역시 사시는 게 넉넉지 않아 등록금을 융통해주실 수 없으셨는지 다음날 아침 첫차로 아버지께 가시는 것을 보고 저는 등교를 했습니다.

아버지, 제가요, 어린 시절부터 기특한 데가 있었어요. 그건 모르시죠? 주말이면 시골집으로 내려가긴 했지만 농사일에 새벽부터 밤 늦게까지 고생하시는 아버지께 등록금 달라는 말이 차마 나오질 않았어요. 더구나 중간고사 전에는 추수가 끝나질 않아 쌀을 내다 팔 수가 없을 테고, 자연 아버지 주머니에는 돈이 없으려니 해서 추수나 다 끝나면 달래야지 했다가 중간고사도 못 볼 위기에 처하게 되었던 것입니다.

여느 날처럼 수업이 끝나고 친구들과 수다를 떨며 하교를 하는데 웬 할아버지 한 분이 교문 한가운데 떡하니 버티고 서 있는 모습이 멀리서 보이는 거예요. 먼발치에서 보니 지는 해를 등지고 시커먼 벙거지에 검불투성이의 낡은 점퍼, 흙이 잔뜩 묻은 장화, 지금 시대라면 영락없이 노숙자 그 자체였습니다.

그런가 보다 하고 몇 십 걸음 더 다가가 다시 보니 아뿔싸 그 할아버지가 바로 아버지셨습니다. 제가 아버지의 하나밖에 없는 늦둥이

아들이긴 했지만 늘상 보던 아버지보다 열 살도 더 넘게 늙은 아버지
셨습니다.

　평소 친구들에게 우리 집은 시골에서 커다란 농장을 하고 있다고
뻥을 쳐온 터이기에 늙수그레한 모습으로 서 있는 아버지를 아는 체
하기는 어린 마음에 자존심이 상했지요. 아버지를 알아본 그 순간
친구들에게 교실에 두고 온 것이 있다고 둘러대고는 다시 학교로 들
어갔다가 해가 서산으로 넘어간 뒤에야 교문을 나섰지요.

　땅거미는 이미 내려와 사위가 어둑어둑했는데도 아버지는 장승처
럼 꼼짝없이 자리를 지키고 계셨습니다. 그제야 저는 기어드는 모기
소리로 "무엇하러 오셨어요?" 하며 한마디 볼멘소리를 내뱉었지요.

　그때 아버지는 주머니에서 봉투 하나를 제게 건네시며 어서 빨리
가서 월사금을 내고 오라고, 월사금을 못내 시험을 못 보면 안 된다
고 큰 걱정을 하셨습니다.

　그러나 저는 시험을 보지 못해 낭패를 당하는 것보다도 초라한 아
버지의 행색이 행여 친구들에게 발각될까봐 더 큰 걱정을 하였습니
다. 물론 아들의 등록금 걱정에 논에서 일을 하시다가 고모의 전갈을
들으시고 그 길로 한달음에 달려오신 것을 모르는 바는 아니었지만
어린 마음은 그랬습니다.

　그때 아버지는 내 마음을 아시는지 모르시는지 하굣길에 주머니
에 동전 몇 푼이 있으면 반드시 들렀던 포장마차 어묵꼬치 집을 지나
저를 데리고 학교 앞 빵집으로 들어가셨습니다. 찐빵과 만두를 찌는

45

문 밖 가마솥에서 피어오르는 김을 헤치며 들어간 빵집 안에는 난생 처음 보는 양과자가 유리 진열장 안에 그득했습니다. 어묵꼬치보다 훨씬 비싼 찐빵과 만두를 배불리 먹을 수 있겠구나 기대에 부푼 제게 아버지는 천만 뜻밖에도 양과자를 접시 가득 사주셨습니다.

아버지, 제 평생 그렇게 맛있는 양과자를 다시는 먹어보질 못했습니다. 양과자를 입속 가득 쑤셔 넣는 그 순간만은 친구들이 보든 말든 아무 생각도 안 나더라고요.

아버지, 천상 낙원에서 잘 계시지요? 아버지, 제가요, 학교선생 노릇하며 한 가지 분명하게 잘하는 일이 하나 있습니다. 뭐냐구요? 등록금을 제때 못 내는 학생들에게 지난 삼십 년 동안 한 번도 독촉하거나 다그친 일이 없다는 것입니다. 그리고 등록금 문제로 고심을 하는 학생이나 학부모가 있으면 무슨 수를 써서라도 장학금을 주선해 주었습니다.

아버지, 저 잘했지요? 평생 칭찬을 멀리하셨던 아버지이시지만 이 일만은 좀 칭찬해주세요. 그래야 얼마 남지 않은 선생 노릇 몇 년 동안도 지금까지 해온 대로 하며 살아갈 힘이 생길 것 같습니다.

아버지, 죄송합니다. 그날 하굣길에서 보인 제 옹졸한 마음, 용서해주세요.

프라하에서 새 길에 눈을 뜨다

이것은 대략大略 난감難堪이 아니고 대량大量 난감難堪이었다. 출발부터 삐거덕거린다 했더니 결국 여행 마지막 날에 대형 사고가 터진 것이다. 외국 말이라고는 영어 겨우 몇 마디밖에 할 줄 모르는 우리 부부에게 영어권도 아닌, 무슨 말을 쓰는지조차 모르는 이 프라하 땅에서 이틀을 알아서 지내라니 이건 마른하늘에 날벼락이 아니라 폭설 쏟아진 프라하에서 혹한을 만난 것과 다름없었다.

며칠 전 우리 부부는 결혼 삼십 주년에 환갑을 맞아 난생 처음 유럽 여행을 감행했다. 자식들이야 대학에 다니면서 애비 돈을 갖은 방법으로 우려내 사십 일 간 유럽 일주니, 캐나다 어학연수니, 미국 동서 횡단 여행이니 싸돌아다녀들 왔지만, 정작 우리는 등골이 다 휘고 정신도 조금 희미해질 때쯤 되어서야 유럽 땅을 밟은 것이다.

물론 가까운 중국이나 일본 등은 계모임이나 친목모임에서 소위 패키지라는 것으로 떼 지어 줄 지어 몇 번 다녀오기는 했지만, 말이 유럽여행이지 영어를 제대로 할 줄 아나, 프랑스 말과 독일 말을 구별할 줄 아나, 마누라 입에서 여행 이야기가 나올 때부터 겁을 잔뜩 집

이진훈

어먹었다. 꼬부랑글씨와 꼬부랑말 앞에서는 오금이 먼저 저려왔으니 언감생심 어디선가 주워들은 적 있는 배낭여행은 애당초 포기했다.

처음에는 애들처럼 배낭여행을 더 늙기 전에 한번 시도해볼까 하고 《이지 유럽여행》이니 《50대도 혼자 떠날 수 있는 유럽여행》이니 하는 책들을 사다가 돋보기를 끼고 앉아 씨름도 해보았지만 책을 보면 볼수록 겁 또한 켜켜이 쌓여 가서 결국 또다시 패키지여행으로 낙착을 보고 말았다. 파리로 들어와서 2박을 한 뒤 스위스, 헝가리, 오스트리아를 거쳐 마지막으로 체코 프라하에서 2박을 하고 다시 파리로 돌아가 귀국하는 9박 10일의 여행이었다.

파리에 도착할 때부터 눈은 심상치않게 내리고 있었다. 깃발을 들고 우리 일행을 안내하는 현지 가이드는 이십 년 만에 폭설이 온다는 예보가 있었다는 둥, 이 상태로 가다가는 여행이 예정대로 진행되기 어렵겠다는 둥 여행 초장부터 초를 치기 시작했다.

말이 씨가 되었는가, 네 개 나라를 돌아 프라하에 도착하여 가이드 꽁무니만 따라다니며 주마간산 격으로 이틀 여행을 거의 끝낼 즈음에 프라하 공항이 폭설로 폐쇄되어 파리로 돌아갈 수 없다는 비보를 접하게 된 것이다. 눈이 그치고 공항 제설 작업이 끝나야 비행기가 뜰 수 있는 데다가 유럽 전체 비행기 스케줄은 엉망이 되고 프라하에서 발이 묶인 여행객은 넘쳐나니 우리 일행은 가이드만 붙들고 비행기 표를 빨리 확보하라고 떼거지를 쓸 뿐이었다.

일정을 취소하고 호텔로 돌아온 여행객들은 대표를 뽑아 협상을 하자는 둥, 한국 본사에 전화를 걸어 항의하자는 둥, 귀국이 늦어지면 사업상 큰 손해를 볼 수밖에 없으니 여행사에 손해배상을 청구하겠다는 둥, 대사관에 연락하여 비상대책을 강구하자는 둥 여행은 딴전이고 귀국일자에만 관심이 집중되었다.

세 다리 건너 청와대에 줄이 닿는지 어느 노신사는 청와대에 전화를 해서 여행사를 압박해 보겠다고 큰소리를 쳐봤지만 세 다리 건너 정도로는 어림 반 푼어치도 없는 헛소리였다.

계약상 천재지변으로 인해 여행 경비가 늘어나는 것은 여행사 책임이 아니라고 앵무새처럼 외워대던 현지 직원과 일진일퇴 줄다리기 끝에 서울 본사에서 제시해온 조건은 비행기표는 이틀 뒤 것을 확보했으니 이틀 동안의 프라하 체류비 중 호텔 숙박비만 절반을 지원해 준다는 것이었다. 대신 이틀 간의 프라하 여행은 가이드 없이 각자 알아서 하라는 것이었다.

이게 대량 난감이 아니고 무엇이란 말인가?

그 전까지는 유럽여행에 도가 튼 듯이 각 나라를 여행할 때마다 현지 가이드를 닦아세우며 설쳐대던 일행 중 몇몇은 꿀 먹은 벙어리가 되어 있었고, 마누라에게 온갖 지식을 동원하여 세상 모든 것 다 알은 체하며 떠벌이던 나 역시 벙어리 냉가슴을 안고 가이드에게 이틀만 더 안내해주면 안 되겠냐고, 가이드 비용은 충분히 지불하겠다고 애원했건만 그는 계약이 끝난 데다가 다음 스케줄 때문에 도저히 안 된다고 했다.

이
진
훈

결국 우리 일행은 묵었던 호텔에서 몇 시간 고양이 목에 방울 달기식 난상토론 끝에 각자 알아서 여행하다가 공항에서 만나기로 합의를 하였다.

그 시간부터 머릿속이 하얘졌다. 네 개 나라를 돌아 왔지만 기억에 남는 것은 졸랑졸랑 따라다니던 가이드의 깃발과 서울서부터 그 이름을 들어왔던 에펠탑, 루브르박물관, 몽블랑, 레만호, 쇤브룬궁전, 프라하성, 카를교 정도였다. 가는 곳마다 방문했던 성당은 어느 것이 어느 나라 것인지 헷갈려 도통 알 수가 없었다. 시차 문제가 아니라 나이 탓이 분명했다.

큰딸이 사준 여행 안내서를 펴놓고 돋보기를 쓰고 다시 읽기 시작했다. 고등학교 졸업 후 시험이라는 것을 본 적이 없는 내가 다시 시험공부를 하는 꼴이었다.

무식이 최고의 용기라는 말만 굳게 믿고 우리 부부는 이튿날 아침, 말도 안 통하는 낯선 나라에서 잘못 돌아다니다가 길을 잃고 만리타국에서 불귀의 객이 되느니 호텔에 가만히 들어앉아 있겠다는 다른 여행객들의 염려를 한 몸에 가득 안고 보무도 당당히 호텔 문을 나섰다.

어디가 북쪽이고 어디가 남쪽인지도 분간하지 못하는 낯선 타국에서 지도 한 장 달랑 들고 프라하 여행 첫날 가이드 깃발을 따라 줄지어 갔던 프라하성을 다시 가기로 작정한 것이다. 묵고 있는 호텔에서 가장 가까운 안델역에서 프라하 지하철 B선을 타고 구시가지광장역에서 A선을 갈아타고 프라하성역에서 내리면 되지 않겠나, 하다 안 되면 무작정 걷자, 어제 가이드와 돌아다녀보니 프라하라는 데가 서울의 강남보다도 작은 듯하니 두려울 게 없다는 심정이었다. 이참에 〈걸어서 세계 속으로〉에 출연하는 연습을 해볼 참이었다.

두 시간 남짓 걸어서 찾아낸 눈 덮인 프라하성은 압권이었다. 눈 덮인 프라하 시가지와 유유히 흐르는 블타바강을 내려다보는 조망은 내 생애 잊을 수 없을 것만 같았다. 가이드를 잃을 까봐 깃발에만 눈이 꽂혀 그가 보라는 것만 보아야 했고, 설명하는 것만 알은 체 했고, 시간을 정해주고 모이라고 하면 늦을까 봐 쫓기듯 종종걸음으로 집결지에 모였는데, 폭설을 밟으며 성비타성당을 비롯해 황금 소로라는 데까지 찾아가 카프카라는 소설가가 살던 집까지 찾아내는 놀라운 성과를 거두기도 하였다.

프라하성을 나와 황금소로 입구에서 소시지에 맥주 한잔으로 허기를 달랜 후 무작정 카를교까지 걷기로 했다. 카를교의 조각상을 하나하나 감상하며 다시 걷다보니 강변 건물에 카프카박물관이 눈에 띄기에 그곳에도 가볼 수 있었다.

자신을 얻은 우리 부부는 밤에 구시가지와 바츨라프광장까지 진출하여 보드카에 체코 닭요리를 먹어대며 '우리는 보헤미안이다.'를 속으로 외쳐대기까지 했다.

이튿날 용기백배한 우리 부부는 가이드를 자청하여 일행 중 두 쌍의 부부를 더 끌어들여 다시 구시가지광장에 나가 구시가지 청사 옥

51

상 전망대, 성 미콜라스와 베네딕트 생애가 그려진 성미콜라스성당, 화약탑, 크리스털 골목까지 구석구석 안내하며 섭렵할 수 있었다. 천문시계 앞 노천카페에서 마신 핫 와인은 유럽여행을 하며 마신 음료 중에서 가장 오래도록 그 맛이 혀끝에 남을 만했다.

유럽여행의 가장 큰 소득은 남을 따라다니는 길의 한계를 절실하게 느꼈다는 것이다. 내가 찾아 나선 길이 내 길이고, 내 길에서 보고 느낀 것이 오래도록 기억에 남을 것임을 환갑의 늙다리가 되어서야 눈 하나 겨우 떴으니 이젠 배낭이나 새로 장만해야겠다고 서울행 비행기 안에서 꿈을 꾸었다.

황충상

- 사랑
- 몸

오로지 생각의 자유를 써라.
그 생각을 자유롭게 하는 짧은 이야기가 미니픽션이다.
강의를 하면서도 수강자에게 그리고 나 자신에게 미안했다.
'네가 차별 나게 한다는 이 강의가 문학의 순도를 낮춘다.
그뿐인가. 오히려 수강자들의 순수창작 의지를 오염시킨다.'
그런 생각이 내 얼굴에 씌어 있었던지
강의 뒤풀이 자리에서 나를 시험하려 드는 녀석이 있었다.
"문학이라는 이름으로 씌어지는 글들이 다 정직하다고 생각하십니까?"
"네가 읽어 정직한 생각이 들면 정직한 글이다."

1981년 소설 〈무색계〉로 한국일보 '신춘문예'에 당선. 소설집으로 《뼈 있는 여자》 《무명초》 《나는 없다》, 장편소설로 〈옴마니 반메훔〉 〈뼈 없는 여자〉 〈부처는 마른 똥막대기다〉가 있다.

사랑

어느 날 문득 사랑이 내게 와서 눈을 멀게 하더니 속삭였다. 사랑은 그런 것이다. 하나만 보란 말이다. 절대 사랑은 하나만 보인다. 그것이 사랑의 속성이다. 둘이 보인다고? 다른 하나는 헛것이다. 둘 다 헛것이든지. 헛것에 눈이 익으면 헛것만 보인다. 교정이 불가능하다. 그래서 평생 속는 사랑만 하는 사람이 부지기수다. 오로지 나는 너 하나만 보인다. 너는 나 하나만 보인다. 이것이다, 사랑이. 여기까지는 지나간 어제의 사랑이다.

이제는 지금 오고 있는 오늘의 사랑을 이야기해야 한다. 오늘의 사랑은 다르다. 색의 사랑이다. 빨강 사랑과 파랑 사랑이 그것이다. 구체적으로 말하면 이남 총각이 이북 처녀를 죽고 못 살아 하는 사랑이 빨강 사랑이다. 그렇다면 파랑 사랑은 말 안 해도 뻔한 것이다. 그 뻔한 것일수록 그대로 반복해 말하는 것이 좋다. 이북 총각이 이남 처녀에게 홀딱 빠져 사족을 못 쓰는 사랑이 파랑 사랑이다.

그런데 이 색의 사랑이 멈춰 있다고 태극을 돌리려 드는 세력이 종북주의자들이고, 태극은 본래 음양의 조화로 멈춤이 없는 동적인 것인데 억지 부린다며 태극을 그대로 두자는 세력이 보수골통이다.

사랑이 좋은 것만은 분명한데 복잡하고 어려운 까닭이 여기에 있다. 종북주의자의 사랑법과 보수골통의 사랑법이 서로 다르다는 것이다.

참고 기다림에 지친 우리의 사랑은 물의 말을 듣는 지혜가 필요하다. 반도국가 국민이어서가 아니라 물은 지혜이고 어머니인 까닭이다. 물은 말한다. 사랑은 고해의 바다를 건넌다. 사랑은 기다림이다. 물을 건너는 사랑만의 기다림.

55

몸

사람 몸은 사람을 다 안다. 이목구비 팔다리 오장육부 그것들이 사람 몸을 아는 영성의 기관이다. 그럼에도 불구하고 그 몸에 문제가 생기면 몸에게 답을 구하지 않고 세상에게 답을 구한다.

세상 답은 오히려 몸을 쓰러뜨린다. 넘어지면서 몸이 답한다. 맥박이 뛰면 살고 호흡이 멈추면 죽는다. 그때 몸속의 생각이 나서서 말을 뒤집는다. 호흡을 하면 살고 맥박을 멈추면 죽는다.

몸과 생각 어느 쪽도 양보 없이 그 주장을 뒤집고 뒤집는다. 마치 주장을 위한 주장이 인생인 것처럼. 그렇게 사람은 누구나 와서는 주장을 일삼다 사소함과 진지함의 차이도 모른 채 간다는 것이다.

무엇이 데리고 와서 무엇이 데리고 가는가. 답이 없는 물음에 그저 모두가 하품을 하고 기지개를 켜며 자기 인생의 질곡에게 사무친다.

비로소 생각은 사람 몸속을 뛰쳐나가 참 생각에게 이른다.

노순자

- 미르미르 용춤
- 주먹의 영혼

길을 가지 못하고 바라만 본다.
바라보기만 하는데도 가고 있는 삶의 길.
숨 쉬는 것만으로 지나온 시간 속, 허우적거리다 주저앉는다.
그럼에도 날마다 새롭게 열리는 시간 길. 송구스러워라.

1974년 동아일보 '여성동아 장편공모' 당선으로 등단. 소설집으로 《타인의 목소리》 《몽유병동》 《산울음》 《진혼미사》 《누이여 천국에서 만나자》 《백록담 연가》 《초록빛 아침》 《마음의 물결》 《기억의 향기》 등이 있다.

미르미르 용춤

　꿈인 줄 알면서 꿈속을 헤매고 있었다. 미르미르 용용용, 미르미르 용용용. 춤사위는 끝없이 이어지고 있었다.

　꿈에서 깨어나고 싶은 마음은 없었다. 언제까지 꿈이 계속되어도 좋을 듯 춤은 흥겹고 꿈속의 몽롱함은 감미로웠다. 얼마 만에 맛보는 희열이며 살아있음의 생동감인가. 이상한 일은 꿈속에서도 그 난감한 선물 애기를 꺼내지 못해 전전긍긍하던 중이었다는 점이다.

　사람 약 올리듯 선물상자에서 나온 오골계는 제 세상 만난 듯 푸드득거리며 거실을 휘젓고 다녔다. 아내가 진공청소기만으로는 모자라 스팀청소기까지 밀어댄, 그야말로 먼지 한 톨 없이 정갈한 거실 마루를 이 볼품없는 불청객이 겁 없이 종종거리며 더럽히고 있었다.

　녀석은 날갯죽지를 펄떡거리다가 이따금 제가 무슨 공작새로 신분 상승을 한 줄 아는지 반 뼘도 안 되는 날개 비슷한 것을 펼친 모양새로 꼬꼬댁거리기도 하였다.

　어이없는 일은 불결하고 못생긴 날짐승의 일거수일투족이 미르미르 용용용 춤사위의 리듬을 따르고 있다는 사실이었다. 그러니까 그는 닭과 더불어 춤을, 그것도 용춤을 추는 중이었다.

녀석은 소파며 탁자다리 사이며 화분 틈이며 거실 구석의 벤자민 나무 화분 운두에까지 날렵하게 올라앉아, 그것도 엉덩이라고 꽁지를 미르미르 용용용, 사분음 삼박자로 씰룩거리고 있다.

아마 우 선생이 아내가 기겁을 해서 나오기 전에 이 겁 없는 날짐승을 잡아보려고 쫓던 것이 미르미르 용용용 춤의 시작이었을 것이다. 이 볼품없는 오골계의 뼈다귀가 흑룡을 닮았는지 발가락이 흑룡을 닮았는지는 몰라도 어떻든 아내가 나와서 비명을 지르기 전에 최소한 그 녀석을 붙잡아 택배 청년이 담아 들고 온 상자 안에 가두기라도 해야 할 판이었다.

그래서 물건을 받아 포장을 열자 제 세상 만났다고 뛰어나와 날뛰기 시작하는 녀석을 잡으려 쫓은 것이 덩실덩실 어깨가 들썩여지고 두 발이 겅둥거려지는 미르미르 용용용 춤사위가 되어 우 선생을 사로잡은 것이다.

하기야 산 닭 선물 때문에 그들 내외는 햇수를 헤아리기 어렵도록 까마득한 옛날 옛적 신혼시절에 이미 뼛골에 사무치는 분란의 통과의례를 치렀었다. 그 닭 선물이 부부싸움의 전설 같은 시초가 된 것이었다. 아마 그게 '아아, 천생연분인 줄 안 이 사람이 어떻게 그토록 이해할 수 없는 편견을 가진 외계인 같은 성격이었을까?' 깨달은 첫 충돌이었을 것이다.

우 선생도 아내도 파릇파릇한 청춘이었던, 불과 수십여 년 전의 그 시절에는 볏짚으로 단아하게 엮은 달걀 한두 꾸러미가 서로 간의 주고받는 마음을 따스하게 이어주는 선물이었다. 주는 사람도 받는 사람도 가슴으로 웃음이 고이는 정다운 선물이었다. 달걀 한 알에도 아낌이 깃들어 있던 시절이었다. 아무도 달걀 한 알을 그까짓 것으로 보지 않았고 모든 물건이 나름의 대접을 받았다. 스승에게의 선물이 담배 한 갑이나 박카스 한 병이었다. 담배는 마약이 아닌 고상한 기호품이었으며 제자들은 스승에게 하늘까지는 아니지만 그림자 밟는 것을 조심할 만큼은 마음을 썼다.

그러므로 선생님 집에, 토실하게 살찐 누르스름한 씨암탉을 바구니에 담아 시골에서부터 싸들고 온다는 것은 보통의 지극 정성이 아니었다. 아무리 아내가 나이 어린 서울내기 철부지여도 제자의 그 정성을 몰라서는 안 되었다. 그 즈음에는 서울에서도 더러 집에서 닭을 잡았다. 우 선생이 하숙을 할 때 목격한 일이었다.

문제는 아내가 그런 방면에는 아주 무식한 특이체질이라는 점이었다. 물론 우 선생도 흔히 본 그 일을 직접 해본 적은 없다. 더욱이 그들의 신혼집은 그 시절 막 서울에 등장하기 시작한, 열 평도 안 되는, 방 두 칸과 현관 겸 주방이 전부인 성냥갑만 한 연탄 아파트였다. 걸레 자국이 구불구불 무늬를 남겼던 복도식 아파트에는 안으면 한 아름이 될 복스러운 닭을 내놓을 만한 공간이 없었다.

그런데 아내는 선물 받은 씨암탉을 밖으로 내놓자고 하였다. 아니면 새나 잠자리처럼 놓아주자고 하였다. 밖에다 풀어놓으면 어디론가 갈 것이고 필요한 사람을 만날 것이라는 주장이었다.

그는 말 안 되는 소리 말고 어서 물을 끓이라고 하였다. 자기도 모르게 언성이 높아졌다. 시골집에 내려가면 어머니는 우선 닭부터 한 놈 잡아다가 절구에 목을 눌러놓는 것이 오랜만에 아들을 맞는 순서였다. 우 선생이 서울 유학생이던 시절에도 그러했고 교사 발령을 받은 후에도 다르지 않았으며 혼인을 해서 아내와 같이 내려가도 한 가지였다.

닭의 머리가 절구 아래로 들어가야 하는 그 일은 집에 손님이 올 때도 예외 없이 반복되는 필수 과정이었다. 그의 집만이 아니라 손님을 맞으면 닭부터 잡는 것은 시골에서는 누구네나 밟는 수순이었으므로 우 선생은 태평이었다.

직접 해보지는 않았지만 익히 보아왔으므로 절구 대신 무엇으론가 닭의 숨쉬기를 그치게 하고 물을 끓여서 털을 뽑으면 되겠거니 했다. 아직 두 식구지만 인륜지대사라는 혼인으로 일가를 이루었는데 제자가 선물로 가져온 닭 한 마리쯤 못 잡을 이유가 없었다. 설마 닭 잡는 일이 아내가 가방을 싸들고 친정으로 가버리는, 결혼하고 맞은 가장 큰 분란이 될 줄은 짐작도 못했던 것이다. 아무리 한참 나이 어린 철부지라 해도 그 정도로 싸가지가 없을 줄은 몰랐는데 아내의 싸가지는 상상을 불허했었다.

아득한 그 시절, 아내의 그 싸가지까지 그리워지도록 살고 있는 것은 축복일까 보속일까. 수십 년 전 닭을 바구니에 담아 들고 와서 첫 부부싸움의 전설을 만든 까까머리 제자 녀석이 지금은 관록 있는 변호사이고, 아내는 산 닭 때문에 그리 남편을 들들 볶고도 변호사 제자만은 엄청 대견해 하면서 챙기곤 했다.

사십여 년의 세월이 흐른 후에 다시 산 닭 선물을 받게 된 것은 제자에게서가 아니라 친구에게서였다. 그 친구도 아내 앞에서 우 선생을 전전긍긍하게 한 것으로는 제자 못지않았다.

아내는 좀처럼 그 친구를 신뢰하지 않았고 끝끝내 부도 위기에 몰린 친구 보증을 서거나 빚 알선을 해주지 말라고 모진 다짐을 받곤 했다. 그러나 사방이 막힌 친구의 사정을 뻔히 알면서 모르쇠 할 수는 없었고 아내가 중도에서 해약된 적금의 용처를 알아냈을 때 그는 또 폭풍 같은 분란을 겪어야 하려니 각오하였다.

그러나 아내는 나이를 먹어 너그러워진 것인지 이미 엎질러진 물인데 어찌하랴 싶었는지 별말 없이 순하게 넘겼다. 그런데 긁어 부스럼을 만들어도 유분수지 어디로 잠적을 했는지 종적이 묘연했던 이 친구가 시골에 정착해 이제 밥술을 입에 넣게 되었다며 택배를 보내온 것이다.

뜻만은 참 가상하기 이를 데 없다. 친구의 편지인즉,

'올해가 임진 흑룡해 아니냐. 부디 이 선물을 흑룡으로 알고 보신해라. 흑룡의 흑黑과 오골계의 오烏는 친형제나 다름없는 사이이니 동봉하는 옻나무 가지를 넣고 푹푹 고아서 제수씨하고 냠냠하기 바란다.'는 내용이었다.

이런 정신 나간 친구 보게나, 택배상자와 함께 배달된 편지를 읽으며 우 선생은 혀를 끌끌 찼다. 어디로 잠적을 했었기에 자그마치 오백 구십칠 일 전에 세상을 달리한 사람 소식도 모른단 말인가 하다가 그럴 수도 있겠거니 여긴 터였다.

'아아 맞아!' 아내는 방에 있는 것이 아니다. 오골계가 집안을 난장판으로 만들어도 기겁을 할 아내는 아주 멀리 가버렸다. 아니 꿈이므로 꿈속에서 아내는 아직 이승에 있는 것일까.

누군가 슬며시 손을 잡는다. 포동포동한 손에서 한순간에 검은 돌이 그에게로 옮겨진다. 돌 구슬이다. 따뜻한 온기로 돌은 신기한 힘을 몸속으로 가득 불어넣는다. 돌은 목소리 없이 마음속으로 곧장 전달되게 말한다.

"한 가지 소원을 이룰 수 있다. 죽은 사람 중 한 명을 살려낼 수 있고, 당신이 살아온 날 중에서 가장 좋았던 순간이나, 젊은 시절로 돌아갈 수 있다. 또 나무나 새나 고래나, 되어보고 싶은 생명체로의 변신도 가능하다. 다만 오직 한 가지 소망만을 이룰 수 있다."

그는 그게 여의주임을 알아차린다. 그러고 보니 오골계라고 무시했던 그 볼품없는 녀석이 정말 흑룡이었단 말인가.

'망설일 게 뭐람. 죽은 사람 중 한 명을 살려낼 수 있다고? 당연히 아내를 살려야지.'

그러다 그는 문득 무릎을 친다. 다시 덩실덩실 춤을 춘다. 미르미르 용용용용 이건 꿈이 아니다. 생시다. 애당초 아내는 떠난 게 아니었다.

‘아 맞아, 그게 꿈이었던 거야. 아내의 상을 당하고 얼이 빠져서 허깨비가 되어 있던 그게 악몽이었고 이게 생시인 거야.’

“할아버지 떡국 잡수시래요. 할아버지 또 주무시나봐, 아빠, 엄마, 할아버지 안 일어나신 것 같아.”

손녀의 영롱한 목소리에 아들의 목소리가 섞이고 며늘아이의 목소리가 섞이다가 방문이 열린다.

우 선생은 몸을 일으킨다.

“아버지 어젯밤에도 못 주무신 거예요? 늦잠이 드셨나본데 일어날 수 있겠어요?”

아들아이의 목소리에 아내가 들어 있다. 우 선생은 천천히 아들을 바라본다. 아들아이의 눈빛은 아내의 눈빛이다. 코에도 입매에도 눈썹에도 아내가 들어 있다. 며늘아이는 하는 짓이 아내다. 손녀에게서도 아내가 들리고 보인다. 설이니 딸도 올 것이다. 딸에게서는 아내가 더 많이 보이고 들리고 느껴진다.

“꿈을 꾸었구나. 미르미르 용용용, 춤추는 꿈을 꾸었어.”

아들이 아내고 며느리도 아내고 딸도 손녀도 아내다. 우 선생은 손녀를 안아 올린다.

주먹의 영혼

지민에게 그것은 영광이었을까. 남편과 바꿀 만한 일이었을까.

심판 전원일치 판정승이라는 전적 발표가 나오기 전부터 지민은 승리를 예측하고 있었다. 3라운드에서 상대의 주 무기라는 복부 공격을 미처 피하지는 못했지만 큰 타격을 받지는 않았고 중반전에 들어서면서 패배는 아니라는 감이 왔다.

그러나 섣불리 자신감을 가질 수는 없었다. 상대는 그보다 선수 경력이 많고 전적이 좋은 데다 플라이 체급 순위가 상위였다. 아직 순위도 없이 나이만 먹은 지민과는 경쟁이 되지 않을 프로선수였다.

뒤늦게 시작한 터에 링 위에 서는 것만도 어딘데 챔피언을 바라보는 유망주와 대진을 하게 되었으니 이길 수 있으리라는 생각은 할 수 없었다. 케이오만 안 당해도 다행이었다. 그런데 막상 링에 올라보니 펀치력이나 속도나 해볼 만하다고 몸이 먼저 일러주었다.

지민은 침착하게 빠른 풋 워크로 거리를 주지 않으면서 좌우 훅을 연결시켜 적극적인 방어와 소극적인 공격으로 몰아갔다. 그는 지민의 민첩한 동작이 의외였는지 중반부를 넘어서면서 허둥거리기 시작했고 공격의 손길이 거칠어졌다. 지민은 더욱 침착하고 착실하게 잽과 스트레이트로 방어하면서 보디 공격을 성공시키곤 했다.

지민의 손이 심판에 의해 높이 들렸을 때 그의 눈에서는 예기치 않게 눈물이 쏟아져 내렸다.

지민의 대전은 오프닝 경기여서 관계자들이 나이 든 신인에게 일말의 관심을 가질 뿐 관중의 관심은 타이틀전인 메인 경기에 쏠려 있었다. 그래서 지민이 예상외의 승리를 거두고 펑펑 눈물을 쏟는다 해도 누구 하나 궁금해 하는 사람도 없었다. 땀범벅의 얼굴에 눈물이 구분되지도 않았다.

사실 지민이 생각해도 어쩌다 자신이 주먹 하나에 모든 것을 거는 복싱선수가 되었는지 아득할 때가 있다. 운동을 종목에 관계없이 좋아하기는 했지만 여자 권투선수가 되리라고는 꿈도 꾼 일이 없었다.

참 우연치 않게 시작된 일이었다. 결혼하자 시아버지, 남편, 시어머니가 번갈아 수술을 하였다. 결혼생활이 마치 병원생활인 듯했다. 결국 시부모가 돌아가시고 요행히 남편은 완쾌했지만 시간이 오래 걸렸다.

줄기차게 계속된 병원생활은 지민을 지치게 했다. 마침 병원 주변에서 권투체육관 간판을 보게 되었고 그는 들어갔다. 체육관 안은 넓고 깨끗했고 뉴스 소리가 차 있을 뿐 사람은 많지 않았다.

"어떻게 오셨습니까?"

"요즘은 권투도 생활체육이 된다면서요. 다이어트에도 좋다고 텔레비전에서 그러기에."

"잘못 오셨습니다. 여긴 그런 데가 아닙니다."

어디선가 들려오는 텔레비전 소린지 라디오 소린지로 남자의 말은 제대로 이해되지 않았다. 지민은 무작정 안으로 더 들어갔다.

"못 알아들으셨나 본데 여기는 프로권투 체육관입니다. 프로선수를 길러내는 전문 기관이라고요."

이미 지민은 텔레비전 같은 데서 흔히 본 검정 가죽의 길쭉한 샌드백 앞에 가 있었다. 그리고 주먹을 쥐고 둔중하게 공중에 매달려 있는 모래주머니인지, 가방인지를 힘껏 쳤다.

답답한 마음을 몰아내듯 힘을 주어 쳤음에도 그것은 끄떡도 하지 않았다. 여자의 주먹이 그것을 때린 게 아니라 가죽주머니가 여자의 주먹을 때린 듯했다. 마치 그것은 강도 높게 여자를 거부한다는 듯 차고 딱딱하고 완강했다.

"권투에 관심이 있습니까? 다이어트야 생활체육보다 프로가 백 배 효과적이지요. 아무나 할 수 있는 운동은 아니지만…."

불친절하던 남자는 샌드백을 내려치는 지민의 주먹에서 답답함을 느꼈는지 내쫓으려던 기세를 누그러뜨리고 물었다. 그러고 보니 더부룩한 머리를 쓸어 올리는 남자는 어디선가 본 듯한 얼굴이었다.

"요즘은 여자권투가 더 활발하지 않은가요? 챔피언도 더 많고…."

노
순
자

　그런데 낯이 익긴 했지만 남자가 권투선수인지 연예인인지도 모르는 채 발을 들여 놓은 것이 어느새 지민에게는 정말로 안 하면 몸이 아파지는 필수과목이 되고 말았다.

　지민은 그즈음 샌드백을 두드리는 것만으로도 숨이 나가곤 했다. 몸속에 답답함이 쌓여 수류탄 같은 폭발물로 축적되는 것 같았는데 운동으로 땀을 흘리면서 그 폭발물이 숨을 죽이더니 슬며시 줄어들다 없어진 것이었다.

　지민은 장례와 우환의 집안 분위기 속에서 지칠 때면 체육관을 찾았다. 이상한 일은 몸속에 한 방울의 기운도 남아 있지 않은 것 같을 때도 스트레칭을 하고 줄넘기를 하고 샌드백을 두드리노라면 움직이는 그만큼 기운이 새로이 차오른다는 점이었다. 또한 움직이는 그만큼 몸속으로 기쁨 같은 게 넘실거렸다.

　지민은 자신이 권투를 좋아하는지 아닌지도 구별하기 어려웠다. 그저 운동을 해야만 견딜 수 있을 뿐이었다. 운동은 기운을 만드는 활력이고 기쁨이었다. 링 위에 올라 대전을 하게 될 줄은 몰랐지만, 관장이 권했고 마다할 이유도 없었다.

　그러나 그게 남편과의 사이를 갈라놓을 줄은 몰랐다. 남편은 결코 권투를 순수한 운동으로 인정하지 않았다. 지민에게 바람이 났다는 것이었다. 아무리 아니라고 해도 믿지 않았다. 고작 한다는 소리가 바람난 게 아니라면 마약이나 춤바람 같은 중독이라는 것이었고 남편의 희망사항은 단 한 가지 지민이 권투를 그만두는 것이었다.

"예전에 나는 영혼이나 마음이 뇌나 심장에 있다고 생각했어. 그런데 운동을 하면서 영혼 혹은 마음은 뇌나 심장 한 부위가 아니고 온몸의 구석구석에, 그러니까 전신에 골고루 퍼져 있는 것이라고 느껴. 다른 말로 인간의 정신이 육신의 한 부위에 있지 않고 육신 전부에 피부처럼 혈관처럼 그렇게 밀착해 있다는 걸 절감하곤 해. 그러니까 내가 운동하는 것을 막을 것이 아니라 나하고 같이 당신도 운동을 조금씩 시작해볼 수 없을까?"

남편은 외계인을 바라보듯 지민을 보았고 그는 남편과 갈라서는 쪽을 택했다. 운동이 좋아서라기보다는 가당치않은 남편의 생각을 바꾸고 설득하는 일이 너무나 지난하게 여겨졌기 때문이다.

지민에게 운동 곧, 권투는 마음이고 몸이고 삶의 일체였다.

구자명

• 순례자는 강가에서 길을 떠난다 1·2·3

궁극적으로 회귀할 곳을 확인하기 위해
사람들은 순례를 떠난다.
그리고 대부분은 떠났다가 돌아와
이전에 살던 삶을 그대로 이어간다.
더러 돌아오지 않는 사람들도 있는데,
순례지에서 전혀 다른 세계를 목도하고 체험한 경우이다.
진실로 나를 던질 수 있는 다른 세계를 만날 수만 있다면
불귀의 순례인들 떠나지 못하랴.
강물이 흐르고 흘러 바다에서 제 종착점에 이른 듯 보이지만
다시 이슬로, 비로, 눈으로, 바람으로
제 출발점을 찾아오지 않는가.

1997년 《작가세계》에 단편 〈뿔〉로 등단. 소설집으로 《건달》 《날아라 선녀》, 미니픽션 2인집 《그녀의 꽃》, 에세이집 《바늘구멍으로 걸어간 낙타》 《던져진 돌의 자유》 등이 있다.

순례자는 강가에서 길을 떠난다 1

그 애와 나는 서너 살 적부터 배꼽 동무였다. 여름철엔 종일토록 강변 모래밭에서 홀딱 벗고 배꼽이 맞닿도록 뒹굴며 놀았고, 겨울이면 쌀가마며 곡식 자루를 두는 마루방에 숨어들어 서로의 몸에서 다르게 생긴 것들을 관찰하고 건드려보며 키득거렸다.

방앗간집 팔 남매의 막내인 그 애는 현대식 정미소가 동네에 들어서면서 집안 형편이 어려워졌다. 독일 선교사 신부들이 세운 수도원에서 잔심부름을 하며 고등학교까지 마친 그 애를 독일에 간호사로 가서 자리를 잡은 둘째 누이가 불러들였다.

인근 도시의 지방 국립대로 열차통학을 하게 된 내가 첫 학기말 고사를 치르고 돌아오던 날 그 애가 역 앞에 우두커니 서 있는 걸 보았다. 보슬비가 내리는 저물녘이었다. 수도원 사제들이 쓰는 커다란 검정 우산을 내 머리 위로 받쳐주며 그 애가 말했다.

"나 멀리 간데이, 내일."

우리는 약속이나 한 듯 강 쪽으로 걸음을 옮겼다.

"무슨 이상한 병에 걸렸다 카네, 내가. 여서는 안 되고 독일 가믄

고칠 수 있다 캐서…."

가는 빗발 속에서도 연한 살구빛 노을이 비껴 있는 강가 풍경은 여느 때처럼 정겨웠다. 젖은 모래밭에 그 애와 나는 크고 작은 물새들처럼 길고 짧은 발자국을 콕콕 찍으며 오래 걸었다.

"이제 가면 니캉 언제 다시 볼란지 모르겠구마."

"빨랑 병 고치고 돌아와. 기다릴게."

"시집 안 가고?"

"시집? 뭐라카노 야가, 미쳤나 니?"

나는 얼굴을 붉혔던가. 그 애가 열에 들뜬 눈으로 쳐다보았을 때 나는 전에 없이 뺨이 화끈거리는 걸 느꼈다. 멀리서 우레가 들리는 것 같더니 주위가 갑자기 어두워지면서 빗발이 사나워졌다.

그가 내 어깨를 감싸고 뛰기 시작했다. 잠시 후 우리는 비릿하고도 달큰한 향내가 안개처럼 자욱한 진초록의 밤 숲에 들어와 있었다. 젖은 풀섶 위로 그 애와 나는 배꼽을 마주하며 쓰러졌다. 우리는 배꼽 동무였다.

십이 년 후 그가 독일 선교회 사제가 되어 잠시 고향을 방문했을 때 나는 다른 도시에서 살고 있었지만 소식을 듣고 수도원 사제관을 찾았다. 돌박이 둘째 아이의 영세를 의논한다는 구실이 있었다.

며칠 후 그의 집도 하에 수도원 성당에서 침례 의식을 치른 내 아이는 야고보란 세례명을 받았다. 야고보는 마리아의 남편 요셉의 친자로 예수의 동생이라 했다.

구자명

"큰 애는 어딨고?"

세례식이 끝나고 그가 내 첫 아이에 대해 물어왔을 때 나는 그 애가 태어나자 곧 내 품을 떠났다고 대답해주었다. 오랜만에 고향의 강가를 거닐고 싶어 하는 그를 따라 나 역시 오랜만에 강을 찾았다. 그는 밤 숲 앞을 지나다가 문득 생각난 듯 말했다.

"니 큰 아 영혼을 위해 기도하꾸마."

그 후 칠팔 년쯤 지나선가, 스무 살 연상의 남편이 뇌일혈로 쓰러져 간병에 경황없을 즈음 나는 그가 인도네시아 어디서 마약퇴치 선교 조직을 이끌다가 괴한의 총탄을 맞고 선종했다는 소식을 들었다.

순례자는 강가에서 길을 떠난다 2

광야에서 메뚜기와 들꿀을 먹고 산다는 은수자가 강가에서 외쳤다.

"기다렸던 분이 오십니다. 길을 비키시오."

형은 갈릴레아에서 요르단으로 소문을 듣고 찾아 나선 길이었다. 은수자가 두 팔을 벌려 형을 맞았다.

"제가 선생님을 찾아가 세례를 받아야 할 터인데 선생님께서 제게 오시다뇨?"

형이 답했다.

"지금 이대로 하세요. 우리는 이렇게 해서 우리의 소명을 이루어야 합니다."

곧이어 형이 강물 속으로 들어가고 은수자가 뒤따라 들어가 세례를 베풀었다. 마른벼락이 치고 하늘이 순간 쩍 갈라져 속살을 보이듯 오묘한 광채를 뿜어냈다. 주변으로 물러나 나와 함께 이를 지켜보던 한 무리의 사람들이 수군거렸다.

"그것 봤소? 무슨 빛줄기 같은 것이 저 순례자 머리 위로 새처럼 내려앉던 거? 그리고, 무슨 소리도 들렸던 거 같아. 내 아들… 어쩌구,

뭐 그런 소리 말이오."

"글쎄 말이오… 사랑하는 아들, 어쩌고저쩌고 한 거 같소만."

나는 명치끝에 뻐근한 통증을 느꼈다. 형은 이제 완전히 우리를 떠나려는 거다. 그 통과의례를 치르기 위해 먼 길을 온 것이다. 길 떠나기 전에 어머니가 그러셨다.

"이번 여행에서 돌아오면 형은 이제 우리 집 아들이 아니다. 세상을 위해 길을 나선 사람은 뒤를 돌아보지 않는 법이지. 애야, 이제부터 네가 형 대신 어미 곁에서 집안을 돌보며 살아줬음 싶구나."

하지만 나는 어려서부터 속을 알 수 없으면서도 뿌리치기 힘든 흡인력을 지닌 형이란 사람이 찾아 나선 길이 궁금했다. 그래서 당분간 이번 여행처럼 눈에 띄지 않게 따라다니며 그가 과연 어떤 사람이고 무엇을 이루고자 하는지 알아볼 속셈이었다.

형이 물이 뚝뚝 듣는 몸으로 강에서 나와 내 쪽으로 걸어왔다. 나는 활짝 미소 지으며 그에게 두 팔을 내밀어 안으려는 시늉을 했다. 하지만 형은 그런 나를 알은척하지 않고 그대로 지나쳐 광야로 이어지는 돌밭길로 내쳐 나아갔다.

나도, 구경하던 사람들도, 아직 강물 속에 발을 담그고 있는 은수자도 알지 못할 어떤 힘에 붙들린 듯 제자리에 멈춰 서서 점점 멀어지는 그의 뒷모습을 바라볼 뿐이었다. 황막한 광야의 지평선 위로 석류빛 노을이 장엄하게 펼쳐지기 시작했다.

순례자는 강가에서 길을 떠난다 3

　레스토랑은 점심때가 살짝 지나선지 한산했다. 하긴, 이렇게 장맛비가 퍼붓는 날 인도 음식을 떠올릴 한국인은 많지 않을 것이었다. 비 때문에 늘 만나는 강변 카페가 마땅치 않으니 다른 데서 보자고 했을 테지만 하필이면 강가로 정한, 야고보의 강에 대한 집착이 우스워 나는 실소가 나왔다.

　갠지스의 힌두명인 '강가'라는 이름의 이 업소는 동서로 나뉜 여의도에 각각 위치한 그와 나의 일터에서 내 쪽에 좀 더 가까웠다. 특별한 일이 없는 한 우리는 매주 수요일 점심에 만나온 게 이 년째였고, 삼십 년 전 야고보네가 우리 집 문간채에 세를 들면서 위로 터울진 오빠만 셋인 나와 소꿉놀이 상대가 되어준 이후로 그는 내게 소꿉친구였다.

　키가 큰 곱슬머리 남자가 우산을 털며 레스토랑 입구에 나타났다. 점심으론 좀 과하다 싶게 커리 두 종류에 탄두리 치킨까지 곁들여 시킨 다음 그가 물었다.

　"맥주 할래?"

"낮에 웬 맥주?"

"할 얘기가 좀 있어."

"차 마시며 하면 안 되는 얘기야?"

"안 될 건 없지만 좀 그렇네."

"그럼 이따 저녁에 만나 한잔 할까? 나 오후에 책 기사 하나 넘겨야 해."

"그럴까? 아냐…. 지금 하는 게 낫겠어. 저녁엔 짐 꾸려야 해."

"짐? 어디 가?"

"응. 잠깐만…."

그가 손마디를 꺾으며 웨이터를 불러 삿포로를 시켰다.

"일본 놈들 맘에 안 들지만 맥주 하난 맛있어. 깔끔하잖아."

"아, 궁금하다, 빨리 얘기해 봐. 어디 가는데?"

"시리아. 정확하게는 터키 국경의 시리아난민 지역."

"아니, 유럽 쪽 담당이면서 그쪽은 왜 가?"

"리포터가 큰 일 터지면 아무 데고 다 가지 내 담당 니 담당 가려? 그쪽 심각해. 화학전까지 우려되거든."

"그럼 더 가지 말아야지. 니네 엄마 어쩌라고."

"그래서 말인데, 짧으면 몇 달, 길면 일 년 이상도 걸릴 수 있으니까 니가 울 엄마 그새 좀 돌봐줘라. 노친네가 혼자서 웬갖 상상 다하며 벌벌 떨 거 같으니까."

"싫어! 가지 마. 나도 너 그런 데 가는 거 싫고, 니네 엄마 책임지는 것도 싫어.”

찬 맥주가 날라져 왔다. 그는 내 잔에 8부만 따르고, 자기 잔에 살짝 넘치도록 부어 늘 그러듯이 혀끝으로 글라스 둘레를 재빨리 핥았다. 그 모습이 꽤나 여유로워 보여 순간적으로 시리아 따윈 그와 관계없는 현실인 양 느껴졌다. 잔을 반쯤 비우고 나서 그가 정색을 하고 말했다.

“나, 내일 떠나. 솔직히… 언제 다시 보게 될진 모르겠다. 형처럼은 아니지만 생사가 교차하는 치열한 현장에 한번 나를 던져 넣고 싶단 생각을 해온지 오래야. 나도 날 기약 못 하겠어. 형은 이런저런 사족 없이 자신을 내던졌지…”

형을 입에 올리면서 그의 눈빛이 이상한 열기를 뿜었다. 내가 알기로 그의 형은 자신의 생부와 길러준 아버지가 다르다는 것을 눈치 채게 된 십대 후반부터 더 이상 어머니 곁에 머무르지 않았다. 군부정권 시절 학생들이 주도하는 모든 시국 집회 현장에서 선봉대 역할을 도맡아 한 지 삼 년 만에 끌려가 고문치사의 종말을 맞았다.

이후 그들의 어머니 유 마리아 여사는 둘째 아들에게 나와 함께 다니던 성가대 활동마저 접게 하고 근신을 시켰으나 야고보가 성인이 되어 갖게 된 직업, 방송사 외신 기자 일에는 늘 어느 정도 위험이 잠재했다. 지난 두 해가 그로서는 국내에서 대사관 출입이나 하며 지낸 드물게 평화로운 시기였는데, 결국 또 근성이 발동한 것이다. 게다가 시리아라니!

나는 소꿉친구로서 이건 절대 말려야 한다고 생각했다. 근데 널 떠난다고? 맙소사! 날 친구로 알긴 아는 거야? 갑자기 걷잡을 수 없이 화가 치밀어 올랐다. 나는 내 잔의 맥주를 단숨에 다 들이켜고 눈을 치뜨며 그를 힐난했다.

"이거 뭐야? 그냥 가버리면 그만이란 말이지? 무책임하게!"

그가 눈을 둥그렇게 떴다.

"내가 뭐 책임질 일 한 거 있나, 너한테? 넌 내 친구잖아, 그러니까 이렇게 임박해서도 편하게 부탁하는 거 아냐."

"안 돼! 편하게 부탁하지 마. 꼭 가야 되면 니 엄마 니가 안심시키고 얼른 갔다 돌아와."

그는 당황한 표정으로 말없이 제 잔에 맥주를 채웠다.

시킨 음식들이 이국적인 향내를 풍기며 차례로 테이블에 날라져 왔지만 그도 나도 손을 대지 않았다. 빗줄기가 더 굵어져서 창밖 풍경이 흐릿해졌다. 내가 가방을 챙겨 들고 일어서자 그가 내 팔을 붙잡아 앉히며 말했다.

"화 내지 마. 그렇게 화를 내면 내가 정작 하고 싶었던 말이 목에 걸려 안 나와. 뭔고 하니… 이번에 무사히 다녀오면… 우리… 같이 살면 어떨까 하는… 뭐, 그런 생각을 해봤어. 넌 어쩐지 모르지만 난 사실 이런 생각 한 지가 꽤 오래됐어…. 얘기할 적당한 기회가 없었지, 뭐. 피차 너무 편하게 대하다 보니까 말야. 친구 그만 하자, 우리."

데스크에서 내 비어 있는 자리를 궁금해 할 때가 되었다. 나는 뜨거워진 눈시울을 관리하느라 미간 근육에 잔뜩 힘을 준 채 자리에서 일어서며 짐짓 심상하게 작별인사를 했다.

"잘 갔다 와. 되도록 얼른. 기다릴게. 친구야."

"친구 그만하자는데도 그러네."

그가 일어서며 내 어깨를 툭 쳤다.

"그건, 너 돌아왔을 때 하는 거 봐서…."

그가 하하하 웃었다. 나도 피식 웃고는 어서 가보라며 그의 등을 떠밀었다.

강가에서 그렇게 우리의 한 철이 막을 내리는 동안 장대비 속에 검은 우산을 받쳐 들고 또 한 사람의 순례자가 광야로 떠났다.

구자명

백경훈

•빈 길

•길, 낙엽 진

헤르만 헤세의 〈황야의 이리〉 중에 나오는 글귀로 대신한다.
'언젠가는 마침내 평온에 이르기 위해서
너의 세상을 좁히고, 너의 영혼을 단순화하지 말고,
더욱 많은 세계를, 결국은 이 세계 전체를
너의 고통스럽게 확장된 영혼에 받아들여야 할 것이다.
부처를 비롯한 모든 위대한 인간들은 이 길을 걸었다.
어떤 이는 깨닫고, 어떤 이는 깨닫지 못한 채
자기가 갈 수 있는 데까지 걸어갔던 것이다.'

금강기획에서 오랫동안 크리에이티브 디렉터로 일했으며, 2003년 《문학나무》 시 부문 신인상으로 등단. 시인, 여행작가로 활동하고 있으며, 지은 책으로 《마지막 은둔의 땅, 무스탕을 가다》《신의 뜻대로》가 있다.

빈 길

비어 있었다. 몇 날을 걸어도 비어 있었다. 해발 사천 미터를 넘나들며 굽이치는 오, 허적虛寂한 고원高原. 무스탕*고원은 나무 한 그루 없이 세상을 다 비워낸 듯 나신으로 누워 있었다.

더 이상 벗을 게 없는 황량하고 광활한 땅거죽. 그 위에도 아스라한 외길이 실금처럼 이어져갔다. 현자일까 철인일까. 그런 이들이 걸었음 직한 길이 이 세상 것이 아닌 듯 흘러나갔다. 흘러 흐르다 사라져버릴 듯이.

'잘 있거라, 더 이상 나의 것이 아닌 열망들아'**

문득문득 시인이 읊조린 구절이 내 발걸음 저만치 앞서다 세찬 바람에 얹혀 흩어졌다. 버리고 싶었다. 다소나마 덜어내고 싶었다.

우인愚人일 뿐인 나는 그러지 못했다. 덕지덕지 마음 밑바닥에 붙어 있는 분심忿心이라든가 탐심이라든가, 그런 종양 같은 덩어리들을 한 종지만큼도 비워내지 못했다. 하늘도 땅도 길마저도 저렇게 비어 있는데.

열 시간 넘게 걸어 당도한 손바닥만 한 어느 마을. 땅거미 내리기 시작한 골목을 어슬렁거릴 때였다. 폴짝 걸음으로 걸어오던 자그마한 소녀 아이와 마주쳤다.

외지인인 나를 가만히 들여다본 아이가 때 절은 옷 주머니에서 무언가를 꺼내더니 내게 건넸다. 밤톨만 한 복숭아 두 알이었다.

그걸 건넨 아이가 빙긋 웃더니 다시 폴짝 걸음으로 골목을 빠져나갔다. 아이를 좇아 뒤돌아본 텅 빈 골목 너머로 내가 걸어 내려온 산등성이 길이 마지막 남은 햇빛에 반짝이고 있었다.

그 길 위로 아이의 잔상이 어른어른 겹쳐 흔들렸다. 복숭아 두 알을 손에 든 채 그대로 먼지가 되고 싶었다.

*무스탕 : 네팔의 중북부 산악 고원지대. 해발 삼천 미터에서 오천 미터의 길을 오르내려야 하는 세계의 오지 중 하나다. 고원에는 나무 한 그루 없고, 하루 걸이로 떨어져 있는 마을에 그나마 물이 흐르고 나무와 풀과 꽃이 자란다. 미국의 그랜드 캐니언만 한 크기에 인구는 고작 사천 명뿐이다.
**기형도의 시 〈빈집〉 중에서.

길, 낙엽 진

저, 수천수만 작별 의식 성대한 길에서
나는 나와 작별하지 못했다, 올해도.

길, 낙엽 진

서지원

이런 종류의 글을 쓰라면 늘 곤혹스럽다.
어렵고 고통스럽게 본 원고를 겨우 끝낸 마당에
또 무엇인가 써야 하니
가슴이 답답하고 말문이 막힐 수밖에.
그렇다고 작품을 쓰기 전에 이 토막글부터 쓸 수도 없지 않는가.
이래저래 괴롭다.
읽는 독자도 유쾌하지는 않을 것이다.
그래서 빨리 끝내는 것이 상책이다.

《월간문학》을 통해 단편소설 〈유맹〉으로 등단. 창작집으로 《오손 공주》, 장편역사소설로 《은허》 1·2권, 그 외 《중국 명가의 자녀교육》 《손자병법, 전쟁과 경영을 말하다》 등의 저작이 있다.

태초에 여호와께서 아담과 이브를 불러 가로되,

"너희는 길을 만들지 말지니라."

하신데,

"길이 없으면 저희가 어떻게 다닐 수 있나이까?"

하고 아담이 물었다.

"왜 다닐 수 없다더냐? 온 땅덩어리 모두가 네가 밟을 곳이니 네가 한 번도 밟지 않은 땅, 이브가 한 번도 밟지 않은 흙덩이를 골라서 밟고 다녀보아라. 그러면 이 천지가 얼마나 넓은지를 너희가 알겠고, 일정한 길을 두지 않음으로써 너희가 얼마나 자유로운가를 느끼게 될 것이다. 그리하여 이 넓은 천지를 온전히 너희의 것으로 하여 평화롭게 사는 즐거움을 너희가 누리게 되느니라."

"밟았던 땅을 다시 밟는 일이 없으면 길도 나지 않으리라는 것을 저희가 알겠사오나…"

"그게 하기 어렵다는 말이냐? 요컨대 너희는 반복과 답습의 생을 살지 말라는 것이다. 항상 새 땅을 밟아서 새롭게 살아야 할 것이니, 어제

하던 일을 오늘 또 하고, 내일 다시 한다는 것이 얼마나 어리석고 지겨운 일인지 네가 깨달을 수 있겠느냐.”

당초 여호와께서 지으시되 사람의 생활이란 항상 새로움만 있도록 하셨음을 우리가 알겠더라. 이에 이브가 물었다.

“그러하오나 저희의 여호와시여, 이 세상은 저와 아담만의 세상이 아니거늘 어찌 남이 밟지 않던 땅만을 골라 밟을 수 있겠습니까?”

“천의 아담과 이브, 만의 이브와 아담이 함께 산다 한들 무슨 상관이 있겠느냐? 나의 길을 내지 않는다는 것은 나의 것이 없는, 그리하여 온전히 모두의 것이 되는 것이니 너희는 내 땅 네 땅도 아예 있지 아니하고, 경계선도 구획도 없는 세상, 천지를 모든 인류가 함께 쓰는 세상에서 살게 되는 것이니라.”

이브가 감격하여 허리를 굽혀 소리쳤다.

“늘 새로움과 자유만을 지어주시는 여호와를 저희가 경배하고 또 경배하나이다.”

잠시 생각에 잠겼던 아담이 입을 열었다.

“길이 있는 세상이란 그리도 타기하고 경원해야 할 무서운 것이옵니까?”

“길은 반복과 답습에서 생기는 것임을 너희가 알지 않느냐? 반복과 답습의 지겨움과 힘듦을 덜기 위해서는 내게 유리하고 편한 길을 내어야 하고, 내게 유리하고 편한 길은 타인에게도 그러하리니 필경에는 그 길을 차지하기 위해 다투어야 하지 않겠느냐. 길을 빼앗고 땅을 차지하는 다툼은 영원토록 피와 피를 부르는 싸움이니 그것을 너희가 감당하고 즐기려 하느냐?"

아담과 이브가 아니오, 하고 이구동성으로 소리쳤다.

"저희가 맹세코 여호와의 명령을 복종하고 지키리이다."

당시 아담과 이브는 한 마장 정도 떨어져 살았는데, 아담이 이브를 만나기 위해서 여호와가 명령하는 대로 따라했다. 처음은 앞문으로 나와 들판을 가로질러 가고, 그 다음 번에는 뒷문으로 나와 강변을 따라 걸어갔으며, 다음 번에는 옆문으로 나와 사과 향기 그윽한 산섶을 끼고 걸어갔던 것이다.

이브의 집으로 갈 때마다 아담에게는 오곡이 무르익는 들판이 아름다웠고, 강변을 걸으며 물속에서 헤엄치는 물고기 떼를 보는 것이 즐거웠으며, 사과 향기를 이브에게 전해 주기 위해 이브의 유방과도 같은 붉은 사과 알을 부드럽게 애무하며 걸어갔다. 항상 새로운 땅을 밟는 그의 발걸음은 가벼웠고, 마음은 날아가는 것 같았더니라.

그러던 어느 따뜻한 봄날, 그날따라 유달리 춘심이 동한 아담은 일각이라도 빨리 이브에게 가기 위해 처음 갔던 길, 즉 앞문으로 나와 들판을 가로지르는 길을 걸어갔다. 돌아올 때는 다른 길을 택했지만 사흘 뒤 다시 찾아갈 때도 가장 가까운 들판 길을 서슴없이 걸어갔다.

이브는 아담의 이러한 행동을 알고 있었으나 아무 말도 하지 않았다. 그녀 역시 아담을 일각이라도 빨리 만나고 싶었으므로 아담을 탓

하지 않고 받아들였다. 아담이 가져다 준 사과 향기에 문득 놀랐으나 그것도 잠시, 사랑하는 아담을 기꺼이 받아들였다.

세 번째 들판을 가로질러 가는 아담을 보시고 여호와께서 큰 소리로 꾸짖었다.

"네가 반복과 답습의 길을 그토록 좋아하느냐? 그럼 그리해보아라. 아담은 오늘도 내일도, 올해도 내년도 쉬지 않고 땅을 일구어 너희 권속을 먹이는 것을 멈추지 말라. 그리고 네가 그토록 원하니 네가 원하는 길을 갖고, 네가 원하는 땅을 차지하여 울타리를 치되 그것을 빼앗고 지키기 위하여 피의 소리를 들으며 창과 방패를 들고 싸우고 또 싸워라. 그리하여 더러는 너의 땅을 네 피로 장식하리니 애석하지만 그것 또한 어쩔 수 없는 노릇이구나."

이브를 향해서도 꾸짖었다.

"너는 아담의 이 행동을 알고 있었으되 이것이 아담에게 사과를 주어야 하는 네 운명의 굴레를 벗을 기회라 여기어 아담의 행동을 일부러 막지 않았구나. 자신의 고통을 타인에게 전가하고자 하는 것은 인간의 본성이니 너도 인간으로 돌아가지 않을 수 없구나."

이브가 두려움에 몸을 떨었다.

"너희와 같은 행위가 반복되고 답습되기 위해서는 인류를 번성케 해야 할 것이니 아이를 낳는 분만의 고통과 아이를 기르는 양육의 힘겨움은 네가 온전히 짊어질 수밖에 없겠구나. 그리고 바깥의 일을 하는 아담을 도와 너는 가사의 힘든 노동을 전담해야 하느니라."

이브가 울음을 터뜨렸다. 잠시 뒤, 가린 손바닥 사이로 눈을 빠끔히 뜨고 여호와를 쳐다보며 물었다.

"저의 벌을 조금만 감해주시면 안 될까요?"

잠시 생각하던 여호와가 고개를 흔들었다.

"나도 어쩔 수 없는 노릇이구나."

"그래도 좀 봐주세요. 여호와님."

"글쎄다. 아득히 먼 훗날, 피임이니 제왕절개니 백색가전이니 하는 말이 떠돌 때쯤이면 너의 형편이 아담보다 나을지 모르겠구나. 기다려보아라."

말이 떨어지기가 무섭게 이브가 좋아라 하고 길이 반질반질하게 난 들판을 가로질러 아담의 집으로 달려갔다.

토끼와 멧돼지

약초를 캐기 위해 산을 헤매던 한 늙은 농부가 집으로 돌아오는 길에 토끼 한 마리를 만났다. 토끼는 누군가가 몰래 놓아둔 올무에 걸려 있었다.

"역시 이 길을 따라 내려오기를 잘 했어."

농부는 좋아라하며 올무에서 토끼를 뽑아 집으로 돌아왔다.

집에선 역시 약초를 캐러 갔던 아들이 뜻밖에도 멧돼지 한 마리를 어깨에 메고 와서 마당가에 내려놓으며,

"깜빡 길을 잃고 헤매다가 이 멧돼지를 발견했지 뭐예요." 한다.

토끼와 멧돼지가 함께 묶이어 우리에 갇히는 신세가 되었다. 뜻밖의 횡재에 집안이 시끌벅적한 것도 잠시, 사방이 조용해졌다.

가시에 긁힌 자국과 피로 온통 얼룩진 몸을 뒤척이던 멧돼지가 토끼를 보고 말을 건넸다.

"토끼야, 네 신세가 말이 아니구나. 네 뒷다리는 왜 부러졌니? 아예 일어나지도 못하는구나."

"재수 없게 사람이 놓은 올무에 걸렸지 뭐유. 발을 빼려고 죽을힘

을 다해 발버둥치고, 온갖 궁리를 다 짜내도 결국 다리만 부러지고
말았다오.”

“불쌍하구나. 그래서 어찌 살 수 있겠냐?”

“다 사는 길이 있습디다. 올무에서 빠져나오려고 하루 밤낮 하고
도 한 나절을 꼬박 치궁굴 내리궁굴 용을 썼지만 아무 소용이 없더
니 숨이 넘어갈 즈음에야 저 늙은 농부가 나를 올무에서 빼주었지
뭐유. 목숨만 남아 있으면 살아갈 길은 생기게 마련이라는 걸 이제
깨달았소.”

“살 길은 무슨 살 길이냐? 너는 곧 껍질이 벗겨져 설설 끓는 솥에
들어가 삶기고 만다. 그것도 모르느냐.”

그제야 자신의 신세를 깨달은 토끼가 눈물을 흘렸다. 멧돼지가 동
정어린 음성으로 말했다.

“네가 이 지경이 된 것은 평소에 네가 살 길로 다니지 않고 죽는 길
로만 다녔기 때문이 아니냐?”

“그게 무슨 말씀이오? 내가 내 한 목숨 살아가기 위해 늑대나 너구
리 등 온갖 음험한 것들의 눈치를 살피며 얼마나 많은 산길을 누비고
다녔는지 아시오?”

“네가 다니던 길, 네가 아는 길은 모두 죽음을 부르고 목숨을 재
촉하던 길이란다. 너의 길은 올무가 놓이는 길목이 아니면 승냥이나
너구리가 침을 흘리며 다니는 길이 아니더냐? 그곳으로 다니다가 덫
에 걸려든 것이다. 그러니 너는 늘 다니던 쉬운 길만 골라 다니다가

덫을 만난 거지."

고개를 끄덕이던 토끼가 갑자기 멧돼지를 향해 도발적인 자세로 물었다.

"나는 그렇다손 치고, 그럼 당신은 왜 푸줏간 식칼 앞에 선 신세가 되었소?"

"지금 내 몰골이 말이 아니라고 그런 소리를 하는구나."

어둠이 짙게 깔린 뒷산을 한참 바라보던 멧돼지가 천천히 입을 열었다.

"나는 너처럼 어리석지 않기 때문에 너와는 전혀 다른 길을 택했다. 포수가 잘 다니는 길, 늑대의 무리나 호랑이가 노리는 길목이 어디라는 것을 분별할 줄 알았다. 우리 동료들이 주로 다니는 길은 사람들이 흔히 덫을 놓는 자리이니 내가 왜 그 길을 가겠느냐? 나는 나의 목숨을 노리는 늑대나 포수의 의표를 찔러 전혀 다른 길로 다녔으니 그들과 마주칠 위험이 적고, 사람이 파놓은 함정에 허방다리를 짚는 실수를 저지르지 않아도 된단 말이다."

"그런 안전한 길만 다녔다면서 왜 온몸에는 굵은 가시가 고슴도치처럼 박혀 있고, 갈비뼈는 어쩌다가 세 대나 부러졌소? 머리가 으깨어져 골이 훤히 드러나 보이니 그래서야 살 가망이 있겠소?"

"그런데 그 길이란 게 묘하단 말이야. 아무도 다니지 않은 길, 우리 동료도 전혀 모르는 길, 내가 처음 밟아보는 길만 찾아다니다 보니 먹잇감 또한 흔하지 않아 내 두 자식은 나를 따라다니다가 굶어죽고 말았지."

잠시 흐느끼던 멧돼지가 말을 이었다.

"아무도 다니지 않았던 길은 숫제 가시덩굴과 웅덩이로 덮여 있었지. 그래서 벼랑과 바위 끝을 타고 다니기가 다반사였다. 위태롭게 선 나무를 잡고 벼랑을 오르다가 떨어져 갈비뼈를 부러뜨리고, 마침내는 발을 크게 헛디뎌 높은 절벽에서 떨어지는 바람에 머리가 거의 박살이 날 뻔 했단다."

한참 멧돼지를 바라보던 토끼가 가엽다는 듯 이렇게 말했다.

"이게 바로, 서서 죽으나 앉아서 죽으나가 아니오? 하지만 나는 그런 고생은 하지 않고 살았소."

멧돼지가 지지 않고 재깍 대꾸했다.

"그래도 나는 네놈처럼 덫에 걸린 가련한 신세는 되지 않았다!"

김병언

- 무서운 길
- 이상한 길
- 슬픈 길

우리 어머니만큼 길눈이 밝은 사람은 드물 것이다.
생전 서울 구경을 못하다가
늘그막에 서울 변두리에 살게 된 어머니였건만
주소만 손에 쥐어드리면
신촌이고 청량리고 간에 혼자 친구를 찾아가셨다.
어떻게 그리할 수 있느냐고 물으면
주소가 있는데 왜 못 찾느냐고 되레 눈을 껌벅이셨다.
하지만 나는 눈앞에 놓인 길을 보고도 한 발짝을 떼지 못한다.
아, 그리운 어머니.

1992년 《문학과사회》를 통해 작품 활동 시작. 소설집 《개를 소재로 한 세 가지 슬픈 사건》 《천치의 사랑》 《남태평양》, 장편소설 〈목수의 칼〉이 있다.

무서운 길

　지금은 대학을 졸업하고 어엿한 직장인이 된 딸아이가 초등학교에 입학했던 무렵의 이야기다. 그날, 그 애를 데리고 큰형님 댁에서 치러진 제사에 참석했다가 자정이 훌쩍 지난 시각에 택시를 잡아타고 귀갓길에 올랐다. 늦가을의 밤거리는 어둡고 썰렁했다.

　우리는 큰길에서 하차해 집으로 향하는 골목길로 접어들었다. 흐릿한 외등의 불빛 아래 놓인 골목길은 사람 그림자 하나 비치지 않았고 물속처럼 고요해서 우리 발소리가 담벼락에 부딪혀 메아리쳤다. 문득 그 야릇한 소리가 들려온 건 우리 집에 거의 다 왔던 때였다.

　"아빠, 저게 무슨 소리야?"

　딸아이가 작은 두 손으로 내 한쪽 손을 부둥켜 잡으며 속삭였다. 단속적인 여인의 신음소리였다. 숨이 넘어가는 듯한 그 소리는 골목길에 면한 연립주택의 이 층 창문으로부터 흘러나오고 있었다.

　불이 꺼진 창문은 굳게 닫혀 있었지만 바스락 소리에도 금이 갈 한밤의 고요이기에 그 소리는 일부러 귀를 열어놓지 않아도 너무나 생생히 전달되었다.

“교장선생님 댁이잖아? 교장선생님이 사모님 목을 조르는가 봐!”

일순 멈춰선 내게 상상력 풍부한 딸아이가 다시 떨리는 목소리로 말했다. 맞다. 그 집은 딸아이가 다니는 초등학교 교장 부부가 사는 데였다. 자식들은 모두 출가했는지 이마가 벗겨진 근엄한 얼굴의 교직자와 환갑 근처의 나이로 보이는 아내만 살았다. 나와는 정식으로 인사를 나눈 적은 없었지만 낯이 익어 간혹 길에서 마주치면 서로 웃는 얼굴로 목례를 하는 정도의 이웃이었다.

“가자!”

나는 당황스런 가운데 왠지 화가 치밀어 딸아이를 잡아끌었다.

“아빠, 무서워.” 종종걸음을 치면서 아이가 말했다.

“그래, 아빠도 무섭다. 빨리 가자. 근데 저 소리는 사모님이 많이 편찮으셔서 앓는 소리 같다. 설마 교장선생님이 그러기야 하겠니.”

“그럼 병원에 가야 하잖아? 아빠가 119에 신고해줘.”

“왜 우리가 남의 집 일에 참견하니? 교장선생님이 알아서 하시겠지. 우리가 그러면 싫어하실 거다. 교장선생님이 얼마나 무서운데….”

“교장선생님이 무서워?”

“그럼. 넌 잘 모를 거다. 교장선생님은 무서운 분이야. 맘에 안 들면 널 전학 시키실 수도 있어.”

참 말도 되는 소리를 하고 있다, 나는 자괴심에 휩싸인 채 우리 집 대문에 부착된 벨을 다급하게 눌렀다. 아, 주책바가지 교장선생님!

김병언

이상한 길

한때 나는 용인시 수지에 살았다. 수도권 개발이 이뤄지던 초창기라 편의시설이며 교통 등 여건이 불편하기 짝이 없었지만, 단 하나, 산이 가까이 있다는 사실만큼은 좋았다.

내가 살던 아파트에서 오 분이면 광교산 자락에 닿았다. 그래서 나는 무료 헬스클럽에 가는 마음으로 거의 매일 산을 오르내렸다. 그러다 보니 여러 갈래의 등산로가 손금을 보듯 훤해졌다. 나는 싫증이 나지 않도록 여러 등산로를 골고루 다녔다.

그런데 개구리 알이 있는 두어 마지기의 논과 손바닥만 한 밭으로 이어지던 산기슭의 등산로에서 이상한 경험을 하곤 했다. 참나무 숲을 통과하는 그 조붓한 길을 지나칠 때면 늘 빗소리를 듣게 되는 것이었다.

처음엔 깜짝 놀랐다. 아주 가느다란 비가 듣는 소리가 자욱해서, 어, 비가 오네? 하면서 하늘을 올려다보았다. 웬걸, 해가 쨍쨍한 맑은 하늘이 아닌가.

그 길에선 늘 그랬다. 참으로 이해할 수 없는 일이었다. 아무리 둘러봐도 그 소리의 정체를 알 수 없었다. 사람을 마주치기 힘든 호젓한 길이라 누굴 붙잡고 물어볼 수도 없어 나는 그 의문을 풀지 못한 채 그 길을 지나다녔다.

어쨌거나 비를 좋아하는 내겐 빗소리를 듣는 건 기분 좋은 일이었다. 늘 빗소리를 들려주는 숲길이란 얼마나 낭만적인가! 나는 다른 길에 비해 더 자주, 특히나 하산 길에 그 길을 이용하곤 했다. 그 길에 '사색의 길'이라는 이름을 붙이고 싶을 만큼 기분 좋았다.

그러길 몇 달쯤 지난 어느 여름날이었다. 그 길을 통과해 산을 내려왔을 때, 평소엔 눈에 띄지 않던 농사꾼이 밭을 갈고 있었다. 나는 무심히 지나치려다가 혹시나 해서 그 늙수레한 사내에게 말을 붙였다.

"저 소리가 무슨 소린지 아세요?"

"뭔 소리 말이오?"

"저기… 비가 오는 소리 같은 게 들리잖아요? 저 숲에서…."

미세하게나마 그 소리가 들렸다. 잠시 귀를 세우던 사내가 누런 이를 드러내며 씨익 웃었다.

"아, 저거? 난 또 뭔 소리 갖고 그러나 했더니… 저건 벌레 소리요. 벌레들 똥 떨어지는 소리란 말이오."

"예엣?"

상상도 하지 못했던 대답에 나는 어안이 벙벙했다. 그럴 리가 있나 싶어 그 산길로 되돌아갔다. 빗소리는 여전했다. 하지만 빗줄기처럼 떨어져 내리는 벌레들의 똥은 보이지 않았다.

김병언

그런데 길과 그 주위에 수북이 쌓인 낙엽들을 좀 더 자세히 관찰해본즉 좁쌀보다도 작아서 까만 먼지 알갱이들처럼 보이는 것들로 뒤덮여 있었다. 농부의 말과 같이 나무 위에서 잎사귀를 갉아먹고 있는 벌레들의 배설물이 분명했다. 도대체 얼마나 많은 벌레들이 있기에 늘 빗소리가 날 만큼 똥을 싸대고 있단 말인가!

나는 도망치듯 그 길을 빠져나왔다. '사색의 길'이 아니라 벌레 똥의 길이라니…. 허탈하기 그지없었다.

슬픈 길

요즘은 고층 아파트가 즐비하지만 내가 초등학교 적 살던 곳은 골목길이 불규칙하게 이리저리 꾸불꾸불 뻗어 있는 전형적인 옛 동네였다. 학교가 파하면 또래 아이들은 남녀 불문하고 죄다 기어나와 골목길에서 놀았다. 그땐 축구공도 귀해 학교 운동장에도 잘 가지 않았다.

그런데 좀처럼 집에서 나오지 않는 아이가 하나 있었다. 내 또래쯤인 자두나무집 계집아이는 학교에도 가지 않고 집에 갇혀 지냈다. 그 애가 미쳤다는 사실을 모르는 동네 사람은 없었다.

돌이켜 생각하면, 미쳤다기보다는 지능이 좀 떨어지는 아이가 아니었나 싶다. 왜냐하면, 어쩌다 할머니에 이끌려 외출을 한다거나 대문 단속이 허술해진 틈을 타 집을 빠져나온 그 아이의 외모로만 보면 곱게 땋은 머리에 예쁜 원피스도 그렇거니와 큰 소리를 지르는 법도 없어 전혀 미친 사람의 행색이 아니었기 때문이다.

오히려 갸름하고 선이 가는 얼굴이 동네의 다른 어떤 여자 아이보다 예뻤다. 피부색은 희다 못해 창백했으며 가느다란 종아리엔 파란

김병언

핏줄이 내비쳤다. 다만 머리카락과 눈썹이 노란색인 데다 왠지 모르게 섬뜩한 느낌을 주는 눈빛이 예사롭지 않아 보였다.

하지만 그 아이는 자신이 미쳤다는 사실을 스스로 우리 모두에게 보여준 일이 있었다. 한번은 그 아이가 혼자 자기 집 대문을 빠져나왔다. 예기치 않은 출현에 골목에 모여 있던 아이들의 시선이 죄다 그 아이에게 쏠렸다. 그 아이는 우리를 향해 배시시 웃더니 땅바닥에 쪼그리고 앉아 흙을 집어 먹었다.

우리는 둘러서서 말없이 지켜보기만 했다. 그 아이의 할머니가 달려 나와 그 아이를 크게 꾸짖으며 집안으로 끌고 갈 때까지 아무도 말리지 않았다. 그리고 곧 그 아이를 잊어버렸다.

우리의 관심은 그 아이가 아니라 그 아이의 집에 있는 자두나무 열매였다. 그 집은 몇 계단을 올라가야 대문이 있을 만큼 높았으므로 시멘트 블록 담벼락 너머 있는 자두나무 가지가 우리 손에 닿지 않아 침만 삼키곤 했다.

이따금 밤에 장대를 갖고 나온다거나 여럿이 몇 층의 무동을 타 가까스로 몇 알의 열매를 훔치는 데 성공하기도 했지만 귀가 밝은 그 아이 할머니에게 들켜 허둥지둥 도망치기 일쑤였다.

내가 그 아이를 기억하게 된 건 한 알의 자두 때문이었다. 하루는 가방을 메고 학교에서 돌아오는데 무언가가 날아와 내 어깨를 툭 건드리고 땅에 굴렀다. 다 익어 짙은 자색을 띤 자두였다. 저절로 떨어졌나 해서 올려다봤더니 가슴께까지 담장 너머로 모습을 나타낸 그 아이가 웃고 있었다.

　나도 멋쩍게 웃으며 그 자두를 주워 들고 집에 왔다. 아마도 나는 그 아이를 생각하며 그 자두를 먹었을 것이다. 그리고 나중에 그 아이를 내 색시로 삼으면 잘 보호해줄 텐데 하는 꽤나 엉뚱한 생각도 했던 것 같다. 하지만 결코 그 아이는 내 색시가 될 운명이 아니었다.

　어느날, 하굣길 동네 어귀 네거리에 왠지 사람들이 몰려 있었다. 경찰관들도 눈에 띄었다. 쑤군거리는 사람들의 말을 듣자니 교통사고가 나서 사람이 죽었다는 것이었다.

　호기심이 발동한 나는 사람들을 뚫고 사고 현장에 좀 더 가까이 다가갔다. 볏짚으로 만든 가마니가 놓여 있었는데, 양쪽 발이 비주룩이 가마니 밖으로 나와 있었다. 창백하고 파란 핏줄이 내비치는 두 개의 작은 발! 한쪽 발에만 분홍색 샌들이 걸쳐져 있었다.

　그 사건이 있은 후부터 그 아이의 집을 지나칠 때면 담벼락 너머를 올려다보는 버릇이 생겼다.

　수십 년이 흐른 지금도 어쩌다 옛 모습을 간직한 골목길을 지나다 높다란 담벼락을 만나면 나도 모르게 고개를 치켜들고 잠시 올려다본다. 누군가 내게 한 알의 자두를 던져주지나 않을까 기대하며.

김
병
언

김진초

- 비밀번호
- 가수의 길
- 주름살

보이는 길도 가고
보이지 않는 길도 가고
때로는 주저앉아 앙탈도 부리지만
돌아보면 다 이유 있는 길이다.

1997년 《한국소설》 신인상에 〈아스팔트 신기루〉가 당선되면서 등단. 소설집으로 《프로스트의 목걸이》《노천국 씨가 순환선을 타는 까닭》《옆방이 조용하다》가 있고, 장편소설로 〈시선〉〈교외선〉이 있다.

비밀번호

네 책가방에 들어가고 싶다. 네 배낭에 들어가고 싶다. 학교에 가건 소풍을 가건 함께 가고 싶다던 어머니였다. 당신 몸은 하나고 자식이 넷이라 모두 따라다닐 수 없으니 툭하면 가방에라도 들어가 묻어갔으면 했다.

우리는 오늘에야 제각각의 가방을 하나로 통일했다. 이제 어머니는 언제든 자식들의 가방에 들어올 수 있을 것이다. 아버지는 아예 가방에 들어와 상주할 것이고…. 단지 비밀번호 하나 공유했을 뿐인데 이제야말로 진정 가족이 된 느낌이다.

가족이 모두 모이자 어머니 가슴은 붉은 꽃밭이 되었다. 손자들이 가져온 카네이션을 하나도 빼놓지 않고 주렁주렁 가슴에 단 주름진 얼굴에서 연신 함박웃음이 피어났다.

"근데요 어머니. 지난번에 김치를 왜 경비실에 맡겨놓으셨어요? 저희 집 비밀번호 아시잖아요."

아내의 말에 제수씨가 자기네도 그랬다며 고개를 갸웃거렸다. 우리들은 몇 년 전부터 어머니께 비밀번호를 개방했다. 어머니는 꼭 낮에 다녀갔다. 저녁에 오면 자고 가라 붙들어 귀찮다는 이유였다. 하지만 눈치 구단인 어머니가 혹시라도 자식들에게 거치적거릴까 봐 배려한 때문이라는 걸 내가 모를까.

자식들 생각해 이고 지고 온 어머니가 집이 비었다고 경비실에 맡겨놓고 선 채로 돌아서는 일이 있어선 안 된다는 생각에 아내를 설득했다.

여동생들이야 처음부터 열어놓은 상태였고, 프라이버시가 어떻고 저떻고 삐죽대던 제수씨마저 떠밀리듯 비밀번호를 개방했다.

어머니가 다녀가면 냉장고만 채워지는 게 아니었다. 빈집에서 구석구석 일거리를 찾아내 쓸고 닦고 빨아 윤이 나게 했다. 고맙고 민망한 아내는 집안 치우는 일에 부쩍 신경을 썼다. 며느리들이 세트로 어머니께 눈치를 주었나 싶어 어쩔 수 없이 심경이 불편했다.

"엄마, 어디 아파? 새삼스럽게 왜 그래?"

막내 여동생의 말에 당황한 어머니가 잠시 뜸을 들이며 가슴팍에 맺힌 꽃밭을 손바닥으로 쓸어내렸다.

"글쎄 말이다. 치매가 오는지 자꾸 깜빡깜빡하는구나."

"치매라니요?"

나도 모르게 목청이 높아졌다. 코앞에서 발길을 돌려야 하는 어머니의 절망을 치매로 확대해석하고 싶지 않았다.

젊어서 돌아가신 아버지 기일이라면 노모가 가장 늦게까지 기억할 숫자 아닐까. 집집마다 다른 비밀번호를 아버지 기일로 통일하는 수

김진초

밖에 없었다.

"오늘부로 우리 모두 비밀번호 바꾸자!"

이제 우리 가족 누구도 아버지 기일, 시아버지 기일, 할아버지 기일, 외할아버지 기일을 잊지 않을 것이다. 비밀번호가 선사한 가족의 탄생이다.

가수의 길

운다.

쉬지 않고 끈질기게 운다. 득음이라도 하려는지 밤새도록 처절하게 운다. 작은 몸뚱이가 토해내는 엄청난 에너지가 신기한 것도 잠시, 잠을 청할 수 없자 걷잡을 수 없이 짜증이 났다.

"엄마, 어떻게 좀 해봐요."

"말귀를 알아듣는 놈도 아니고 낸들 어찌 달래겠냐?"

내 집보다 여기가 더 편해 스케줄이 없는 짬을 이용해 쉬러 왔는데 엄마가 건넛마을에서 젖 떨어진 똥강아지를 얻어온 것이다. 적적해서 말동무 삼아 데려온 건 알지만 왜 하필 오늘인가 말이다.

"한 대엿새 지나면 조용해지니까 걱정 마라."

모처럼의 휴식을 방해 받아 못마땅한 나를, 엄마는 당신을 걱정하는 효자로 아는가 싶어 입을 다물었다. 저렇게 밤낮없이 울다보면 점차 목이 쉬고 마침내 완전히 잠겨 벙어리가 되는데 대엿새 걸린다는 얘기였다. 그리고 다시 목이 트일 때쯤이면 새로 온 집에 어렵사리 마음을 붙여 적응한다는 거였다. 벙어리라는 과정을 거쳐야 비로소 극

김진초

복되는 어미에 대한 그리움과 낯선 세상에 대한 두려움이라….

나도 그랬다.

초등학교 4학년 때 아버지를 잃은 상실감과 가장이 되어야 한다는 강박감에 엄마 몰래 석간신문을 배달했다. 여름방학에는 아이스케키 장사, 겨울에는 메밀묵에 찹쌀떡 장사까지 곁들였다. 부끄러움을 무릅쓰고 목청껏 소리를 질렀다. 그래야 외로움도 두려움도 물리칠 수 있었다.

신인가요제에서 동상을 탔을 때 심사위원들은 이구동성으로 말했다. 어린 나이에 득음의 경지에 오른 원석 같은 신인이라고.

득음? 나는 그런 거 몰랐다. 따로 노래공부를 한 바도 없었다. 변함없이 알바를 하다가 성대결절이 와서 잠시 쉬는데 외로움이 쳐들어와 다시 나섰다. '메밀무욱~'은 고음으로 '찹쌀떠억~'은 저음으로 외쳐야 하는데 소리가 엉망이었다. 나이답지 않게 갈라지고 쉰 목소리가 애처로웠는지 아줌마 아저씨들이 머리를 쓰다듬으며 매상을 올려주었다.

어쨌든 내 목소리는 어린 시절 알바로 트였다. 벙어리가 되었다가 다시 목청을 찾았을 때는 음폭과 무게가 표시 나게 확장되었다. 그리고 목소리 말고는 팔 게 없어 가수가 되었다.

헌데 지금 나는 밤무대와 행사를 뛰는 이류 가수다. 신인들이 치고 올라와 팔리는 횟수가 점점 줄어들자 아내는 대놓고 물 간 딴따라라며 무시한다. 지금 나는 외롭고 두렵다.

곁에서 코 고는 소리가 일정하게 들린다. 내 나이 이제 마흔다섯, 다시 한 번 벙어리가 돼야 할 때인가 보다. 마당에서 강아지가 운다. 이불 속에서 나도 운다.

김진초

주름살

나는 인간과 함께 삽니다. 나는 끊임없이 움직이고 변합니다. 하지만 나의 질량은 변함없습니다. 그것이 나의 본분이며 철칙입니다.

나는 보이지 않는 곳에 숨어 있다가 인간이 성숙할 수록 존재를 드러냅니다. 때문에 나를 인생의 훈장이라고도 하지요. 어떤 사진작가는 가능하면 굵고 깊게 나의 존재를 드러낸 노인만 찾아다닙니다. 얼굴에 드러난 나의 모양새에 따라 그 사람의 역사가 고스란히 보이기 때문이지요. 누구나 희망하는 곱게 늙은 사람은 인물사진으로서 작품 가치가 없다고까지 합니다. 역시 사람도 작품이 되려면 삶이 녹록해선 안 되는 모양인가 봅니다.

험한 바위산을 아슬아슬 껴안은 채 바람에 쓸리고 비틀어져 금방이라도 뽑혀나갈 듯 조마조마한 나무를 보면 인간들은 감탄을 한다지요. 마디게 자랄 수밖에 없는 척박한 환경, 기형적인 모습으로 바위를 붙든 안간힘에 눈시울이 시큰해 박수를 보낸다지요. 비옥한 땅에서 반듯하고 건강하게 자란 나무는 재목으로 소용에 닿을 뿐 예술적인 가치는 없다지요. 식물의 세계에서는 인간들의 잣대가 제법 공평하네요. 그런데 시선을 같은 종족인 인간으로 돌리면 좀 달라지더라고요.

이왕이면 다홍치마라고 때 묻지 않고 여유 있게 산 사람이 역시 상대하긴 편하지. 너무 구차하고 힘들게 산 사람은 가시가 많아 잘못하면 다치잖아, 하면서 꺼립니다. 인간의 경우는 재목과 작품의 구분도 사라집니다. 노인의 얼굴에서 작품을 잡아내는 사진작가들이 있는 것만도 천행이지요.

주인을 잘못 만난 것도 제 운명일까요? 아니면 동안童顔이 대세인 시절 탓일까요? 나이가 들수록 주인이 저를 미워합니다. 쫓아내지 못해 안달입니다. 잘라내고 잡아당겨 꿰매는 걸로도 모자라 반 년마다 보톡스라나 뭐라나 이물질을 주입합니다.

갈 곳을 잃은 나는 우왕좌왕 헤매며 안면에 교란을 일으킵니다. 표정을 잃은 주인은 가족들에게 마귀 같다는 소리까지 듣습니다. 그래도 꿋꿋이 때를 놓치지 않고 이물질을 주입합니다.

주인이 아무리 기를 써도 나 역시 살아야 합니다. 질량 보존의 법칙은 엄연한 현실이니까요. 나는 흐르듯이 이동합니다. 내장에 숨기고 있던 수많은 주름살을 세월이 흐르면서 피부로 옮기지요. 당연히 내장주름은 펴지고 외피에는 주름이 늘지요. 교대근무, 그게 순리니까요. 잘라내고 이물질을 주입하면 할 수록 피부의 탄력은 늘어난 고무줄처럼 줄어드는데 어리석은 주인은 그걸 모릅니다.

사람들은 목 주름과 손 주름 때문에 나이를 감출 수 없다고 착각

115

김진초

합니다. 진정 목과 손만 문제라고 생각하십니까? 이 글을 읽는 분에게만 팁으로 알려드리지요. 지금 당장 전신거울 앞에 차렷 자세로 서서 무릎을 보십시오. 그리고 뒤돌아 팔꿈치를 보십시오. 놀라셨지요? 튀어나오고 늘어져 접히는 무릎과 팔꿈치 위로 쌍꺼풀처럼 수없이 접혀지는 여분의 살들, 이건 어쩔 겁니까?

저 멀리 관악산이 보이네요. 주름이 많은 산입니다. 산은 역시 젊은 산보다 늙은 산이 아름답네요. 무릇 모든 자연이 그렇지 않습니까? 인간도 자연입니다. 저 역시 자연이고요.

김민효

- 빛나는, 완전한 범죄
- 계단은 길이 아닌가?
- '몸 집'에 새긴 길

세상의 모든 길,
인간과 인간 사이 그리고 그들의 몸 집에 새겨진 길, 시스템까지.
그러나 그 모든 길들은 길이지만 길이 아니다.
그래서 나는 늘 헤맨다.
그런 나에게 누군가 일러줬다.
"환상은 욕망을 통해 발현되며 그것은 욕망을 위장하는 옷과 같다."고.
그래서인가! 나는 모든 길 위에서 환상을 본다.

2003년 《작가세계》를 통해 〈그림자가 살았던 집〉으로 등단. 소설집으로
《검은 수족관》이 있다.

빛나는, 완전한 범죄

진퇴령 중턱쯤이다. 산마루를 굽이굽이 돌아 오른 탓에 현기증이 인다. 알피엠으로 표시되는 내 심장박동 수가 빨라지기 시작한다. 나를 운전하던 남자가 갑자기 차를 멈춘다. 그는 보닛 버튼을 누르고 차에서 내린다. 다행이다. 차가 멈춘 사이 나는 기쁜 숨을 고르며 뜨거운 날숨을 내뱉는다.

보닛을 들친 남자는 뜨끈뜨끈한 내 심장 언저리를 더듬더니 회로 한 가닥을 뺐다가 다시 느슨하게 끼운다. 내가 크릉크릉 경고를 보내지만 그는 아랑곳하지 않고 계속해서 신경다발을 더듬는다. 그리고 주머니에서 스패너를 꺼내 회로판을 몇 차례 긁어버린다. 난 직감적으로 급발진의 위험을 감지한다. 남자는 회심의 미소를 지으며 보닛을 닫는다. 그리고 운전석으로 옮겨 앉은 여자에게 산등성이를 가리킨다. 주차가 가능할 만큼 제법 넓은 공간이 확보된 곳이다. 여자는 고개를 끄덕인다.

남자는 몹시 급한 듯 지퍼부터 내리고 허리띠를 푼다. 바지춤을 잡은 채로 차 꽁무니 쪽으로 돌아간 남자는 낭떠러지를 향해 오줌을 갈기기 시작한다. 여자는 남자가 갈겨대는 오줌 줄기를 힐끗 보고는 시동을 건다. 아뿔싸! 그녀가 브레이크에서 발을 떼는 순간 내 심장은 터져버릴 것처럼 박동 수가 폭등한다. 1200, 1400… 2000…, 크아앙! 나는 괴성을 지르며 앞으로 튀어나간다. 순식간이다.

나는 그녀를 태운 채 맹렬한 속도로 날아가기 시작한다. 마치 내 몸에서 고속 프로펠러가 작동된 것처럼. 내 주인인 여자는 나를 진정시키려고 애를 쓴다. 브레이크를 밟았고, 핸드브레이크도 걸어본다. 우리는 몹시 친밀한 사이이므로 나를 제압하려는 그녀의 손놀림은 매우 민첩하다.

그러나 난 그녀의 뜻에 따를 수가 없다. 내가 분명하게 알고 있는 것은 영 점 몇 초를 넘기면 끝이라는 사실이다. 그녀의 얼굴이 절망으로 일그러지기 시작한다. 아주 잠깐 그녀는 길 위에서 지퍼를 올리고 있는 남자를 돌아본다. 그녀의 오른손은 핸드백 속을 더듬어 휴대폰을 움켜쥔다. 그녀는 비명을 지른다. 이 모든 행위는 어느 것이 먼저랄 수가 없이 동시에 이루어진다. 그런 그녀를 향해 남자는 손을 흔들며 미소를 짓는다.

수십 미터를 날아간 나는 점점 아래로 곤두박질치기 시작한다. 튀어나온 바위에 부딪힌 다음 한 바퀴 공중제비를 돈다. 울울창창한 나무들의 목을 분지르고, 빽빽하게 웃자란 양치식물들을 휩쓸고, 잡목들과 풀들과 키 작은 꽃들을 짓뭉갠 다음 이윽고 딴 세상 같은 숲의 심연으로 떨어진다. 나는 처박히지 않으려 안간힘을 쓴다. 뒤집혀

김민효

지지 않고 내려앉은 것은 그나마 다행이다. 나의 주인은 눈을 부릅뜬 채로 미동도 하지 않는다. 얌전한 모습으로 앉아 있는 그녀를 확인한 나는 이내 정신을 놓아버린다. 그러나 내 심장은 여전히 거칠게 뛰고 있다.

얼마나 시간이 흘러갔나? 바람 소리, 물 소리, 산짐승 소리, 풀잎들이 몸을 일으키는 소리… 송진 냄새, 풀 비린내, 맡아본 적이 없는 황홀한 꽃향기 그리고… 아, 살이 발효되는 이 불온하고 황홀한 냄새. 나는 눈을 뜨고 사방을 둘러본다. 울울한 숲이다. 아무리 둘러봐도 길은 보이지 않는다. 오직 열려 있는 곳은 내 몸 크기로 열려 있는 하늘뿐이다. 그나마도 내 몸을 타고 올라간 칡넝쿨과 새로 돋아난 나뭇가지가 하늘을 얼기설기 가리고 있다.

내 심장은 이미 멈췄다. 내 몸의 안팎을 살펴본다. 범퍼는 달아났고, 유리창은 깨졌다. 문짝은 덜렁거리고 지붕은 찌그러졌다. 일그러지고 찌그러진 몸체에는 녹이 슬었고 바람이 빠져나간 바퀴들은 삭기 시작했다. 나의 주인인 그녀는 그날처럼 운전석에 앉아 있다. 삭아서 너덜거리는 옷을 입고 안전벨트를 맨 채로. 다만 그녀의 모습은 해골의 형태로 변했다. 그녀의 손에는 휴대폰이 들려 있고, 엄지손가락은 그 순간처럼 1번 버튼을 꾹 누르고 있다.

해골의 뻥 뚫린 눈에는 들꽃이 피어 있다. 덮어쓰고 있는 머리카락 사이에도, 옷이 너덜거리는 갈비뼈 사이사이에도, 손가락 사이에도, 발가락이 담겨 있는 구두에도 자잘한 꽃들이 피어 있다. 조수석에 앉아 있는 그녀의 명품가방 안에는 지갑과 수첩과 립스틱과 손수 건을 거름 삼아 한 무더기의 양치식물들이 자리를 잡았다. 꽃처럼 아름답고 싶었던 그녀가 이제는 꽃이 되었고, 그녀의 빛나는 나날을 모두 기억하고 있는 나는 그녀를 피워내는 꽃밭이 되었다.

길이 있기 때문에 나는 존재한다. 그녀의 많은 일들이 내 안에서 이루어졌다. 일을 하고, 사랑을 하고, 아이를 기르는 그녀의 일상은 길과 길 사이에 있었고 그것을 내가 수행했다. 그리고 그녀의 남자에 게 떠밀려 길 밖으로 밀려났다. 그녀의 남자가 우리의 길을 가로채버 린 것이다.

이제 우리에게 길은 없다. 그녀의 살은 진토가 되었고, 내 육신은 녹슬어 다 삭아가고 있는데, 우리의 주검을 찾아내는 사람은 아직도 없다. 그렇다면 우리를 길 밖으로 밀쳐낸 그 남자는 완전범죄에 성공 했단 말인가? 흐음, 아무려면 어떤가. 그것은 세상의 눈먼 질서일 뿐 이다.

나는 지금 다른 상상을 한다. 그녀의 생일, 나는 그녀의 남자가 되 어 근사한 식당에서 저녁식사를 하는 중이다. 그녀는 핏물이 배어나 오는 스테이크를 잘라 맛있게 먹는다. 그녀의 얼굴에 미소가 번진다. 그녀가 먹고 있는 살코기는 짐승으로 태어난 바로 그 남자의 일부다. 물론 우리는 스테이크가 그 남자의 살코기란 사실을 알지 못한다. 그 남자만 알 뿐이다. 번연히 눈을 뜨고 우리의 죽음을 지켜봤던 그 남 자는 몇 생을 그녀의 스테이크로 구워지고 또 구워질 것이다.

김
민
효

바람이 분다. 바람이 만들어낸 길 위로 오래 전에 발효된 그녀의 살 냄새가 퍼져나갔다 되돌아온다. 내 안은 외출에서 돌아온 그녀의 황홀한 살 냄새로 가득하다. 발기된 양치식물들이 일제히 포자를 터트린다. 분수처럼 퍼지는 홀씨들의 유희. 햇살의 농도에 따라 수십 가지 색채로 빛나는 초록의 환희.

나는 우리가 마지막으로 같이 들었던 그날의 자동차 광고를 떠올린다. 유명 탤런트의 달콤한 저음으로 대신했던 그 광고 카피는 그녀에 대한 나의 지극한 사랑이었음을 이제야 고백한다.

"당신도 몰랐던 당신의 모습을, 몹시도 두근거렸고 아팠지만 아름다웠던 사랑을, 나는 당신과 함께했습니다. 나는 당신의 자동차입니다. 당신의 빛나는 인생입니다."

계단은 길이 아닌가

도서관과 예술관 사이에는 계단이 길게 그러나 무질서하게 펼쳐져 있다. 그 계단은 모두 위를 향해 바짝 치켜져서 설치되었는데 마치 르네 마그리트나 살바도르 달리의 그림에서나 봄직한 모양새다.

그 계단을 오를 때마다 나는 멀미를 하는 것처럼 현기증을 느낀다. 허공에 둥둥 떠 있는 계단을 딛는 것처럼 느껴지기 때문이다. 가끔은 그림 속의 피아노나 아코디언의 건반을 하나하나 밟고 있다는 생각이 들어 까치발로 걷기도 한다.

계단을 오르기 무섭게 바람은 여밈이 허술한 곳을 파고든다. 온몸에 왕소름이 돋는다. 주머니에 넣었던 손을 빼서 칼라 깃을 세우고 앞섶을 여민다. 어깨는 움츠리고 고개는 숙인 채 발등만 보면서 계단을 올라간다. 인문관과 법학관 사이. 이곳의 계단은 마술사가 카드를 사선으로 밀어놓은 것처럼 오른쪽으로 치우쳐 있다. 계단은 인문관의 이 층과 삼 층 허름한 벽들을 스칠 듯 위로 솟구쳐 있다.

매서운 바람과 불안한 계단. 나는 계단을 밟고 허공으로 올라간다. 계단 위를 오르내리는 다 발들은 모두 위태로워 보인다. 그런데

김민호

이건 무슨 일인가? 모든 발들이 일시에 멈춰버린다.

눈앞의 세상은 순식간에 무채색으로 변한다. 구두 소리, 발소리도 사라진다. 덜컥, 심장이, 심장 박동이 멎는다. 무채색과 침묵 속으로 갈색 구두를 신은 발 한 쌍이 들어온다. 유난히 잘 닦여진 선명한 갈색, 그러나 몹시 익숙한 발 모양.

나는 천천히 고개를 들어올린다. 아, 날숨과 함께 짧은 비명이 터져 나온다. 칠 년 전의 그 사람, 아니 십사 년 전의 그 사람이 계단을 내려오고 있다.

그가 내려오는 계단은 단단하고 안정적이다. 풋풋한 학생들이 그의 뒤를 따르고 있다. 그가 내 옆을 스친다. 잘 벼려진 칼날이 스윽 가슴을 스치고 지나간 느낌! 바람 끝보다 더 서늘하다. 문득 뒷덜미로 느껴지는 따가운 시선. 나는 뒤를 돌아본다. 몇 개의 계단 아래서 그가 나를 올려다보고 있다. 그의 눈이 점점 커지고 입가에 미소가 번진다. 별도 달도 다 따주겠다던 바로 그날의 표정이다.

그가 내게로 올라올까? 아니 내가 그에게로 내려가야 하나? 머뭇거리는 사이 그가 오른손을 살짝 들어 흔든다. 그의 손을 바라보던 학생들의 시선이 내게로 옮아온다.

그러자 그가 손을 내리고 등을 돌린다. 학생들의 시선도 일제히 내게서 떠난다. 총. 총. 총. 그가 계단 아래로 사라진다. 이윽고 그와 그를 따르는 학생들의 모습이 시야에서 사라진다.

나는 눈을 질끈 감았다 다시 뜬다. 그리고 조심스럽게 다음 계단으로 발을 올려놓는다. 무채색이었던 세상이 다시 제 색을 되찾는다. 계단 위의 모든 발들이 다시 움직이기 시작한다. 계단은 다시 물컹거리고 흔들거린 법학관 앞. 나는 잠시 걸음을 멈추고 계단 아래를 내려다본다.

인문관 밑으로 그의 모습이 드러난다. 그가 고개를 꺾고 나를 본다. 아니 법학관 건물을 보고 있다. 아, 그는 나를 보는 것이 아니라 그의 연구실을 보고 있는 것이 아닌가.

언젠가 그가 몇 개의 잠금장치를 해제하고 자신의 연구실로 들어가는 꿈을 꾼 적이 있다. 그 안에는 내게서 훔쳐간 꿈들이 갇혀 있었다. 갑자기 내 꿈의 안녕이 궁금해진다.

그러나 법학관 현관은 굳게 닫혀 있다. 경고, 법의 질서를 교란시키는 예술의 출입을 통제함. 무단 출입시 불륜으로 간주하며 학교 밖으로 퇴출할 것임.

완강한 법학관 문을 밀다 말고 돌아선다. 그리고 마지막 남은 몇 개의 계단을 넘어 목적지인 예술관으로 향한다. 허공에 떠 있는 마그리트의 계단이나 가느다란 짐승의 다리 위에 세워진 달리의 건물도 아닌 예술관에 다다른다. 낭떠러지로 이어지는 문도 없고 흐물흐물하게 뭉개지는 고집스런 시간도 없다.

나는 매우 현실적인 건물인 예술관으로 들어간다. 카페에 들러 천오백원짜리 커피도 한 잔 산다. 종이컵을 뚫고 나온 커피의 체온은 현실적으로 뜨겁다. 뜨거운 커피를 다른 손으로 옮겨 잡으며 계단을

김민효

따라 지하 강의실로 내려간다. 지하 일 층, 이 층, 삼 층… 아래층으로 내려갈수록 불빛은 환해지고 계단은 캄캄해진다. 아직 강의실 입구는 나타나지 않는다. 가만, 바닥도 알 수 없는 음침하고 캄캄한 저 아래에 소설이 숨어 있단 말인가?

'몸 집'에 새긴 길

어둠에 익숙해지기를 기다리던 아흐멧은 실내를 둘러보았다. 빈자리가 없을 정도로 손님들이 많았지만 그에게 시선을 돌리는 사람은 아무도 없었다. 손님들은 악사와 가수의 연주를 보거나 들으면서 물담배를 계속해서 빨아댔고 또한 연기를 뿜어냈다. 악사나 가수는 모두 박제된 인형처럼 보였다. 선율이나 노랫소리가 들리지 않았다면 그들이 여기에 있다는 사실을 인식하지 못할 정도였다.

아흐멧은 손님과 손님 사이의 좌석을 돌며 여자를 찾았다. 그러나 여자는 보이지 않았다. 자욱한 담배연기처럼 여자에 대한 불안도 부풀대로 부풀었다. 그는 허둥거리기 시작했다. 탁자 모서리에 걸려 몸의 중심이 헝클어졌다. 담배를 빨고 있던 남자가 기울어진 그의 얼굴에 연기를 뿜었다. 그리고 그를 밀어버렸다. 떠밀린 그는 가까스로 벽을 잡고 일어섰다. 불빛이 그의 얼굴로 흘러내렸다. 그는 눈을 질끈 감았다 떴다. 그 순간 그는 여자를 발견했다.

여자는 바로 그 벽 속에 있었다. 그녀는 아흐멧의 일터인 '처녀의 탑'에 왔던 그 모습 그대로였다. 그녀는 허리를 잔뜩 꺾은 자세로 아

김민효

흐멧을 보고 미소를 지었다. 아흐멧은 벽화에 갇혀 있는 그녀를 안타깝게 쳐다보았다. 그리고 손을 뻗어 그녀의 몸을 더듬었다. 몸피도 체온도 느껴지지 않았다. 처음으로 만져본 여자의 몸이 너무 차갑고 밋밋해서 슬펐다.

너는 총각귀신이 되고 말 거야. 아흐멧의 친구나 이웃들은 아흐멧의 가난을 그렇게 조롱했다. 그것은 아흐멧에게 가장 모욕적인 말이었다. 그러나 그들의 말을 반박할 만큼 생활은 녹록하지 못했다. 그런데 아흐멧에게 그녀가 왔던 것이다. 그리고 가장 따뜻한 손으로 아흐멧을 어루만져주었다. 그리고 그를 이끌어 이곳으로 데려왔다. 아흐멧은 벽화 속에 갇혀 있는 여자를 절망적인 표정으로 쳐다보았다. 심장을 통째로 도둑맞은 것 같은 허탈감에 사로잡히고 말았다. 그는 모든 뼈다귀가 해체된 것처럼 바닥으로 허물어졌다.

그 순간 여자가 벽에서 빠져나왔다. 그리고 아흐멧의 손을 잡았다. 여자가 내미는 손을 잡고 일어섰다. 그는 자신의 몸이 아주 가벼워지는 것을 느낄 수 있었다. 그는 여자를 느끼고 싶었다. 여자의 얼굴에 드리워진 얇은 너울을 걷어 올렸다. 푸른 눈을 가진 여자였다. 그녀는 미소를 지으며 아흐멧을 껴안고 춤을 추기 시작했다. 둘의 춤사위가 격렬해졌다. 아흐멧은 정신이 아득해지면서 숨이 막혔다. 그는 여린 죽음이 자신에게 스며들고 있다는 것을 느낄 수 있었다. 영혼이 차가운 '몸 집'을 빠져나가고 있다는 것도 느꼈다. 악기의 선율, 가수의 읊조림, 사람들의 수런거림이 뚝 그쳤다. 미치광이가 쓰러졌다! 폭발음처럼 누군가의 고함 소리가 귓전에서 터졌다가 사그라졌다.

아흐멧은 낯선 길을 걷고 있었다. 멀리 자미의 푸른 돔이 보이고 아잔 소리도 들려왔다. 파란 대리석이 깔려 있는 길은 푸른 하늘과 맞닿아 있었다. 그 길 위에 흰 옷을 입은 노인과 자신이 나란히 걷고 있었다. 노인은 신이 지나간 길과 현자가 지나간 길이라고 말했다. 여자도 이 길을 지나갔을까? 아흐멧은 잠시 생각에 잠겼다. 노인은 아흐멧의 마음속을 들여다보고 있는 것처럼 고개를 끄덕이며 미소를 지었다. 아흐멧은 자신이 벗어놓은 초라한 '몸 집'을 돌아보았다. 가난과 멸시와 조롱의 자국이 얼룩덜룩했다. 그가 돌아다니던 '처녀의 탑'과 보스포로스 물결과 위스퀴다르의 뒷골목도 보였다.

"그 껍데기는 네 것이 아니니라. 그곳도 너의 그림자가 어렸던 곳일 뿐이다. 이제 돌아보지 마라."

노인의 말이 아흐멧의 영혼 속으로 스며들었다. 이윽고 태양의 한가운데에 들어선 것처럼 빛으로 가득해졌다. 머릿속도, 눈도, 마음도, 환해졌다. 이윽고 두루마리에 감겼던 시간이 활짝 펼쳐졌다. 아버지와 할아버지, 그리고 그들의 아버지와 할아버지들이 동쪽으로, 동쪽으로 걸어가고 있었다. 그들은 양떼와 낙타의 무리를 이끌고 이정표도 없는 사막을 건너고 초원을 넘어갔다. 아버지와 할아버지 그리고 그의 아버지와 할아버지들의 시간은 그 사막과 초원 위에 한 줄로 세워져 있었다.

김민효

“저들은 모두 고향으로 가고 있는 것이니라.”

“어르신, 저 곳은 길이 없지 않습니까?”

“길? 길은 그들의 몸에 새겨져 있단다.”

“그럼 제 몸에도 제 길이 새겨져 있습니까?”

아흐멧이 묻자 노인은 대답 대신 미소만 지었다. 그들은 다시 시간을 둘둘 말아 쥐었다. 그러자 다시 푸른 하늘과 맞닿아 있는 파란 길이 보였다. 아흐멧은 그 길에 홀로 서 있었다. 그는 노인과 걸었던 것처럼 그 길을 걸었다. 그리고 길 끝에 다다랐다. 그곳에는 달콤한 과일과 맛있는 음식과 포도주가 그득하게 차려져 있었다. 그리고 여자가 있었다.

아흐멧은 여자와 먹고, 마시고, 춤추고, 노래를 불렀다. 그리고 지치도록 사랑을 했다. 거리낄 것은 아무 것도 없었다. 그들의 사랑은 모든 것을 녹일 만큼 열정적이었다. 인간의 언어로는 형용할 수 없는 육체의 향연이 벌어진 것이다. 달이 녹고, 별이 녹고, 태양이 녹았다. 그러다 모든 빛이 사라지자 여자도 사라졌다. 그것은 또 다른 죽음이었다. 아흐멧은 망설이지 않고 죽음의 손을 잡았다. 죽음이 내민 손은 여자의 손처럼 부드럽고 따뜻했다. 죽음의 체온이 아흐멧의 영혼으로 퍼졌다. 영혼이 ‘몸 집’으로 다시 들어갔다. 그의 ‘몸 집’은 따뜻하고 아늑해졌다.

“정신이 듭니까?”

누군가 아흐멧의 몸을 흔들었다. 아흐멧은 벌떡 일어났다. 깊은 잠을 자고 난 것처럼 몸이 가뿐했다. 그는 이전의 아흐멧이 아니었다. 노인의 얼굴처럼 늙은 것 같기도 하고 어린아이의 얼굴처럼 앳된 것 같기도 했다. 그의 입에서는 아름다운 시어들이 쏟아져 나왔다. 아쉬크의 노래였다. 그는 음유시인처럼 그 시들을 읊조렸다. 그의 머릿속에는 이정표가 없어도 길을 찾아낼 수 있는 사막과 초원이 계속해서 펼쳐졌다. 그곳에는 아버지와 할아버지와 그리고 그들의 아버지와 할아버지들이 걸어가고 있었다. 그리고 붉은 너울을 쓴 그의 여자도 따라 걷고 있었다.

김민효

박종운

- 어머니
- 돌아온 아들
- 청부업

해는 저무는데 길은 멀고
등짐 또한 가볍지 않다.
등불 하나 켜 있는 오솔길에 들고 싶다.

1990년 '근로자 문학상' 대상을 받으며 등단, 《세기문학》 신인상을 수상했다.
소설집 《그 여자의 남자》 1·2권, 장편소설 〈눈 내린 뒤〉 〈의친왕 이강〉이있다.

어머니

초상을 치르기 위해 나는 고향으로 내려가고 있었다. 그날따라 하늘도 슬픔에 젖은 내 마음처럼 먹구름을 짙게 내려놓았다.

동기同氣가 없는 나는 장례 절차를 세세하게 알지도 못했다. 그나마 고향을 지키고 사는 오촌 당숙이 큰 도움이 되었다. 그는 마을 뒷산에 동리 사람들을 동원해 매장에 필요한 준비를 해놓고 기다리고 있었다.

내가 도착하자 절차에 따라 장례를 치르기 시작했다.

묘의 봉분이 완성되고 뗏장을 입힐 즈음이었다. 서울서 내려올 때부터 잔뜩 흐려 있던 하늘이 먼 산으로부터 천둥을 몰고 다가오고 있었다. 금방이라도 비가 쏟아질 기세였다. 당숙이 큰소리로 외쳤다.

"비 오면 큰일이다! 집에 얼른 내려가서 비닐 좀 찾아오너라."

그 말이 떨어지기 무섭게 나는 산 아래에 있는 집을 향해 달음박질을 놓았다.

몇 년 전부터 비워 둔 옛집은 이미 폐허가 되다시피 한 곳이었다. 나는 달려가면서도 걱정이 태산 같았다. 도대체 아무도 살지 않는 허

물어지다시피한 빈집 어느 구석에서 비닐을 찾아낸다 말인가. 막막
했다.

드디어 길섶의 호박잎에 콩알 같은 빗방울이 떨어지기 시작하자
내 달음질은 더욱 다급해졌다. '아, 어떡하나. 비닐을 어디서 찾지?'
그때 번쩍하는 섬광이 내 머리를 때리고 지나갔다. '그렇지, 어머니한
테 물어보면 대번 알 수 있을 것을.' 그 순간까지 초조했던 마음도 풀
어졌다. 의기양양하게 마당으로 불쑥 들어섰다.

나는 그때서야 잡초가 무성한 텅 빈 집에 어머니 장례를 치르기 위
해 왔다는 사실을 깨닫고 털썩 주저앉아버렸다. 때를 맞춘 듯 성긴
빗방울이 온 천지에 마구 쏟아져 내렸다.

닷새 장에 어머니를 따라가기 위해 눈물 콧물을 흘리며 넉장거리
를 놓던 어린 시절처럼 나는 마당에 퍼질러 앉은 채 목놓아 울었다.

박종윤

돌아온 아들

무인도나 다름없는 외딴섬에 언제부터인가 장님 부부가 살고 있었다. 그 부부가 아들을 낳았다. 태어난 아들도 소경이었다.

부부는 아들을 낳게 해준 신에게 감사를 드렸다.

태어난 아들은 자라가면서 세상은 애초부터 아무것도 보이지 않는 캄캄한 것이라고 믿고 있었다. 귀로 듣고 입으로 말하고 숨 쉴 수 있는 코만 있는 줄 알았다. 그는 섬에서 성장하는 동안 불편함을 모른 채 행복한 나날을 보냈다.

청년이 된 아들은 아버지를 졸라 육지로 나갔다. 그는 복잡한 도시에서 차츰 불편함을 알았고 자신이 장애인이라는 사실도 비로소 알게 되었다.

아들은 육지 생활에서 도저히 견딜 수가 없게 되자 부모가 있는 섬으로 되돌아왔다. 그의 정신은 심하게 훼손되어 있었다. 그를 보는 아버지의 마음은 몹시 슬펐다. 아들을 육지로 보낸 것을 뒤늦게 후회했다.

얼마간 시간이 흐른 뒤에 아버지가 조심스럽게 아들에게 물었다.

“네가 육지에서 본 것이 무엇이더냐?”

“그곳에서는 짐승들의 싸움 소리만 보았습니다.”

아버지는 아들이 가슴으로 세상을 보지 않고 눈으로만 본 것이 실망스러웠다.

“네가 세상을 가슴으로 보기에는 아직 이르구나.”

아들이 대꾸했다.

“아닙니다. 서울의 어느 섬에는 지붕이 돔으로 된 어마어마한 큰 건물이 있는데 그곳에는 가슴은 없고 목소리가 가장 크고 거짓말 잘하는 사람들이 제일 높은 곳의 자리를 차지하고 있었습니다.”

아들은 아버지의 대꾸가 없자 잠시 끊었던 말허리를 다시 이었다.

“나는 앞으로 우리가 사는 이 섬에 격투장을 만들어 유명한 관광지로 만들까 생각 중입니다.”

“무슨 수로?”

“목소리 크고 거짓말 잘하는 서울의 섬 사람들만 끌어들이면 다 됩니다.”

아버지는 할 말을 잃었다.

박종윤

청부업

늦은 오후 도시 외곽에 있는 초등학교 주변은 대체로 한산한 편이었다. 제한 속도를 지키지 않는 자동차들이 거리를 질주하고 있었다.

한 사내가 경직된 표정으로 앞만 보고 걸어가고 있었다. 그가 갑자기 움찔하여 옆을 바라보았다. 고무풍선 하나가 차도로 바람 따라 굴러갔다.

예견은 틀리지 않았다. 꼬마 아이가 풍선을 뒤좇아 차도로 뛰어들었다. 달려오던 자동차가 다급한 브레이크 소리를 내지르며 미끄러졌다. 사내가 아이에게 몸을 날렸다. 아이를 밀쳐낸 사내에게 자동차가 덮쳤다.

아이는 다행히 무릎에 타박상을 약간 입었을 뿐이었지만 사내는 앰뷸런스에 옮겨졌다. 앰뷸런스가 출발하자 사내가 중얼거렸다.

'빌어먹을! 내가 왜 또 쓸데없는 짓을 했지? 오늘 그 자식을 죽이지 않으면 안 되는데.'

사내는 그 시간에 사람을 죽이러 가는 길이었다.

*우재욱 시인의 시를 패러디 함.

임왕준

- 길 잃은 남자
- 오래된 겨울

1880년 에밀 졸라는 '실험소설'을 썼다.
당시 소설 장르가 융성하고 있었음에도
문학의 여신인 시의 젖을 떼기가 쉽지 않았기 때문이다.
미니픽션은 언제 이유식을 시작할까?

파리4대학에서 문학박사 학위를 받고 파리8대학에서 에마뉘엘 레비나스를 전공했다. 소설 〈북회귀선〉이 있으며, 번역서로 《사는 법을 배우다》(뤽 페리) 《사랑》(산도르 마라이) 《하느님 왜?》(아베 피에르) 《세계철학 백과사전》(샤를르 페팽) 등이 있다.

길 잃은 남자

　주가는 일주일 만에 반값으로 곤두박질했다. 마지막으로 희망을 걸었던 채권은행의 부채상환 기일연장 승인이 무산되고, 투자했던 기업의 부도가 확정되자 남자가 가지고 있던 주식은 휴지조각이 되어버렸다.

　증권사에서 신용으로 구매했던 대금은 물론이고 막판에 주위에서 끌어댔던 돈을 갚을 길이 막막했다. 적금과 보험과 연금을 해지하고, 아파트를 판 돈과 회사를 그만두고 받은 퇴직금을 모두 합해도 빚을 갚기에는 턱없이 부족했다.

　아내와 아이들의 얼굴이 떠올랐다. 돈을 빌려주었던 친척과 친구들 얼굴도 떠올랐다. 그들에게 비굴한 변명으로 돈을 빌리던 자신의 어리석은 모습도 떠올랐다. 견딜 수 없는 후회가 숨통을 조였지만, 사정을 털어놓고 도움을 청할 사람은 아무도 없었다.

　무작정 집에서 나와 차에 올라탄 남자의 머릿속에 반드시 죽겠다는 생각이 있었던 것은 아니다. 그저 머릿속에 큰 구멍이라도 뚫린 듯 아무것도 생각할 수 없는 상태에서 차에 올라타고 달리기 시작했을 뿐이다.

꿈속에서 헤매듯 몽롱하게 고속도로를 달리다가 아무 생각 없이 어느 톨게이트를 빠져나갔다. 어디든, 어디로 가든 상관없었다. 국도를 지나 지방도로를 달릴 때쯤 사방에 캄캄한 어둠이 내렸다.

이름도 알 수 없는 마을로 접어들었을 때 어둠 속에서 붉은 네온 십자가를 달고 서 있는 교회 하나가 시야에 들어왔다. 남자는 무엇엔가 홀린 듯 차를 세우고 안으로 들어갔다.

쓰러지듯 자리에 앉아 눈을 감았다. 교회에는 한 번도 가본 적이 없었기에 기도할 줄도 몰랐다. 기도하겠다는 생각도 없었다. 그저 눈을 감고 앉아 있었다.

마음속에서 '길 잃었다'라는 말이 영화 자막처럼 떠올랐다가 사라졌다. "어떡하지?"라는 말이 무의식중에 새어나왔다. '이제 어디로 가지?'라는 물음이 머릿속을 맴돌았다. 이대로 죽어야 하나.

그때 한 여자의 목소리가 들렸다.

"아가, 어디 가? 엄마 여기 있잖아. 이리 와."

남자는 눈을 뜨고 앞을 바라보았다. 설교대 앞에 한 젊은 엄마가 두 팔을 벌리고 서 있었다. 그리고 걸음도 제대로 걷지 못하는 어린 아이가 엄마를 향해 아장아장 걸어가고 있었다.

임
왕
준

오래된 겨울

눈이 내렸다. 남자의 기억 속에 쌓여 있던 모든 눈보다 더 많은 눈이 내려 오래된 길도 모습을 바꾸었다. 갑자기 낯설어진 세상이 아름다웠다.

낯선 세상에 쉬지 않고 눈이 내리고 남자는 또 아무 대책 없이 오래 전에 헤어진 여자를 생각했다. 살아가면서 이런 눈을 몇 번이나 더 맞을지 알 수 없었다.

누군가가 알고 있다면, 이제 다시는 돌아오지 않을 이 한 번의 눈 내림과 그리고 항상 새로운 그녀에 대한 생각이 마치 얼마 남지 않은 식량처럼 쓰이고 있음도 알고 있으리라 생각했다.

늦은 출근길, 몇 번인가 눈길에서 넘어지면서 남자는 오래 전 겨울과 여자의 웃음을 생각했다. 남자의 낡은 지갑에 꽂혀 있는 색 바랜 사진 속에서 여자는 여전히 환하게 웃고 있었다.

배명희

- 회색달
- 호모사케르
- 그림자

노신의 유서에
'남의 눈이나 이빨에 상처를 입혀놓고
보복을 반대하고 관용을 주장하는 그런 따위의 인간에게는
절대로 접근해서는 안 된다' 는 말이 있다.
생각해보니,
나, 위선의 길을 걸었던 것 같다.

2006년 '중앙신인문학상'을 받으며 등단. 창작집으로 《와인의 눈물》이 있다.

회색달

여자는 맨손으로 길을 나섰다. 꽁꽁 얼어붙은 강에 소복이 눈이 쌓였다. 여자는 남자의 등 뒤에 바싹 붙었다. 금방이라도 누군가 목덜미를 잡아챌 것 같다. 남자는 순식간에 강을 건넌다. 여자도 뒤쳐질까봐 달린다. 심장이 터질 듯 뛴다. 남자와 여자는 강 건너에 도착한다.

구름에 가려 있던 달이 조금 드러난다. 국경에는 중국인이 기다리고 있다. 중국인은 여자가 숨 돌릴 틈도 주지 않고 어두운 숲길로 끌어당긴다. 여자와 함께 강을 건너온 남자가 주변을 둘러본다. 칠흑 같은 어둠 속에서 강이 희미하게 빛난다. 길이 된 강 위로 두 사람의 발자국이 중국 쪽을 향해 나 있다. 오던 길을 되돌아 북으로 건너간 남자는 이내 모습을 감춘다. 모든 것이 불과 잠깐 사이에 일어났다.

달은 이따금 여윈 얼굴을 내민다. 그럴 때마다 흐릿하게나마 발밑이 보인다. 여자는 브로커가 북으로 잘 갔는지 걱정이 된다. 자신이 무사하다는 것을 식구들에게 알려줘야 할 텐데. 사방은 고요하다. 길을 밟는 소리가 메아리가 되어 공중을 돈다. 남자에게 무슨 일이 생겼다면 소리가 들렸을 것이다.

여자는 뒤돌아본다. 지나온 길은 보이지 않는다. 정적을 깨며 나뭇가지에 얹혔던 눈이 떨어진다. 여자는 휘청거린다. 미끄러운 길도 길이지만 속이 빈 탓에 현기증이 인다. 중국인은 여자를 재촉한다.

"산 너머 마을 어귀에 차가 기다린다."

중국인은 조선어가 유창하다. 여자는 고개를 끄덕인다. 거친 숨을 내쉴 때마다 입김이 허옇게 쏟아져 시야를 가릴 정도다. 손가락은 얼어붙어 감각이 없어진 지 오래다. 하지만 여자는 피부에 감각이 없다는 사실을 느낄 겨를이 없다.

키 큰 중국인은 성큼성큼 길을 간다. 여자의 숨이 턱에 닿는다. 등에서 땀이 솟는다. 도시로 가는 차에 타기 전에는 결코 안심할 수 없다. 중국인을 놓친다면 산속에서 얼어 죽을 거라고 여자는 생각한다. 다리가 후들거린다. 여자는 어금니를 깨문다. 자신이 먹여살려야 할 늙은 부모와 아이의 얼굴이 떠오른다.

어두운 길 모롱이를 돌자 경사진 비탈길이다. 하늘에서 불쑥 떨어진 것처럼 자동차길이 연결되어 있다. 그 길에 승합차가 서 있다. 큰 길로 나가기 전에 중국인은 여자를 불러 세웠다.

"요즘 공안의 감시가 매우 심하다. 남한에서 북한이탈주민을 북으로 송환하지 말라고 중국에 항의하고, 언론에 떠들어대서다. 창춘에 도착할 때까지 상자에 들어가 있어야 한다. 상자는 차 위에 싣는다. 내일 새벽이면 창춘에 도착한다. 춥더라도 조금만 참아라."

승합차에는 노란색 등이 켜져 있고, 창으로 사람의 모습이 보였다. 차 유리마다 김이 서린 것을 보니 차 안은 따뜻한 모양이다. 따뜻한 차 속에서 등을 기대고 쉬고 싶었다.

여자는 고개를 떨어뜨렸다. 얼어붙은 강을 건너던 순간을 생각했다. 지금 이곳에 있는 것만도 얼마나 큰 행운인가. 내일이면 새로운 삶이 시작된다. 전혀 다른 인생이.

여자는 자신의 앞에 놓여 있는 상자에 들어갔다. 가슴에 붙인 무릎을 두 팔로 끌어안았다. 여자는 고개를 들어 하늘을 보았다. 구름 사이에 달이 있었다. 저 달이 자신을 지켜줄 것이라고 여자는 생각했다. 중국인이 여자의 슬픈 눈을 바라보았다. 중국인은 자신의 목도리를 풀어 여자에게 주었다.

암흑 같은 어둠이 여자를 덮쳤다. 여자는 눈을 커다랗게 떴다. 아무것도 보이지 않았다. 여자는 손가락을 움직여 목도리를 끌어당겼다. 다행히도 상자 안은 그다지 좁지 않았다. 못질하는 소리가 났고, 여자는 공중으로 떠올랐다. 둥둥 떠올라 차 지붕에 실렸고, 상자는 여러 번 줄로 묶여 차에 고정되었다.

차가 흔들려 여자는 몹시 어지러웠다. 차멀미가 났다. 종일 굶었는데도 구역질이 났다. 여자는 상자 벽을 양손으로 짚고 몸을 지탱했다. 그러다 어느 순간 포장도로에 들어섰는지 자동차는 흔들리지 않았다. 여자는 새우처럼 몸을 구부려 모로 누웠다. 여자는 잠을 청했다. 눈을 뜨면 도시에 도착해 있을 것이다. 여자는 중국인이 넣어준

목도리를 여몄다.

취직을 하면 집에 돈을 보낼 수 있다. 늙은 부모와 병약한 아이는 더 이상 굶지 않을 것이다. 몇 년 열심히 일해 돈을 모아 돌아가면, 장사라도 하자. 밑천만 있으면 무슨 장사라도 할 수 있다. 그러면 배급이 나오지 않아도 굶지 않을 것이다.

아이는 몇 번이나 여자에게 다짐을 받았다. 러시아에 벌목공으로 간 후, 소식이 끊어진 아빠를 데려오라고. 만약 아빠를 못 만나더라도 엄마는 꼭 와야 한다고. 여자는 아이의 머리를 쓰다듬으며 물었다. 아빠 얼굴 생각나? 아이는 커다랗게 고개를 끄덕거렸다. 확신에 찬 눈으로 여자를 보았다.

남편은 어디로 갔을까? 고향을 떠난 많은 사람들처럼 남편도 언젠가는 먼 곳에서 불쑥 연락을 해올 것이라 믿었다.

스치는 바람소리가 점점 커졌다. 산길을 걸으며 흘렀던 땀이 식었다. 나무 상자 틈으로 칼날 같은 바람이 들어왔다. 여자는 자신의 품속을 파고드는 아이를 힘껏 껴안았다. 이 겨울에 아이가 감기라도 들면 큰일이다. 약을 구하기도 어렵고, 병을 이길 정도로 잘 먹일 수도 없다. 여자는 아이의 머리를 쓰다듬었다. 엄마가 돈 벌어 올 때까지 아프지 마라. 내일 엄마가 일할 식당에 가면 금방 돈 보낼게. 그 돈으로 할머니랑 같이 장마당에 가 옥수수를 사. 양식이 떨어지기 전에 엄마가 또 돈을 보낼게. 그러니 많이 먹고 아프지 마라. 엄마가 돈 많이 벌어 올 때까지 할머니랑 할아버지랑 잘 지내. 결석하지 말고 학교

배
명
희

에 가. 공부 열심히 하고.

여자의 옷은 너무 낡아 공기를 머금지 못했다. 바깥 온도는 날것으로 여자의 몸에 전해졌고, 체온은 소리 없이 빠져나갔다. 여자는 아이를 안은 채 까무룩이 잠이 들었다. 아이는 여자의 품속에서 칭얼거렸다.

엄마 일어나. 눈을 떠봐.

눈꺼풀이 쇠기둥을 달아 맨 것처럼 무거웠다. 여자는 잠 속으로 빠져들며 중얼거렸다. 날씨가 정말 지독하구나. 아가, 춥지? 엄마가 안아줄게. 춥지 않게 엄마가 꼭 껴안아줄게.

구름 가득한 하늘에 여윈 달이 떠 있다. 달은 얼음 같은 대기를 가르며 달리는 자동차를 보고 있다. 전속력으로 달리는 자동차는 휘청거린다. 도시로 가는 길 위에서, 차가 멈춘다. 검문소다. 공안은 날카로운 눈으로 차 안의 사람들을 둘러본다. 세 번째 검문소의 공안이 상자를 쳐다본다. 하지만 그뿐이다.

바리케이드가 치워지고, 자동차는 달린다. 먼 길을, 무서운 속도로. 여자의 마지막 숨결이 상자를 빠져나온다. 회색달이 어디로 가야 할지 몰라 머뭇대는 여자를 보고 있었다.

호모사케르

호모사케르는 범죄 때문에 사회에서 추방된 자를 말한다. 호모사케르에 대한 살인 행위는 처벌되지 않는다.

좀 더 구체적으로 말하자면 자본의 안녕을 해친 죄로 공동체에서 추방 당한 자가 호모사케르다. 예컨대 재개발을 반대하여 남의 건물 옥상으로 경계석을 옮기면, 호모사케르는 자본의 수호신인 폭력의 손길에 내맡겨진다. 누구든지 처벌 받지 않고 그를 살해할 수 있다.

호모사케르는 다양한 역사적 단계를 거쳐 왔다. 난장이가 쏘아올린 작은 공을 굴리면서 대추리를 찍고 제주도로, 쌍두마차에 김밥과 사이다를, 버스에는 치킨과 희망을 싣고 고공 크레인까지 가서 비눗방울을 만들어 날리는 일까지.

신성한 자본을 축내는 것은 절대 금지다. 사람들은 알고 있다. 자본의 복수가 언제라도 호모사케르에게 닥칠 수 있다는 것을. 이때 살인자는 자본이 제공하는 대가에 충실할 뿐 아니라, 그것이 자신에게 주어진 직업적 임무임을 굳게 믿는 척한다. 수용소에서 독가스로 유대인을 학살한 아이히만처럼. 그것이 겨울 새벽이건 밤중이건 시간

배
명
희

을 가리지 않을 뿐더러, 헬기를 띄워 방패를 날리든, 불붙은 망루에서 타죽건 말건, 살인자는 자본이 원하는 대로 경계에 선 자들을 징벌한다는 믿음이 바위처럼 견고하다.

자기 처분에 맡겨진 제물의 필연적 몰락을 위해 분노한 자본이 어떤 길을 선택할지 인간은 알지 못한다. 그것은 늘 기습적이고, 특수 기밀이고, 국익과 관계되는 것이기 때문이다.

자본은 쌍용차 해고 호모사케르처럼 스물세 명이나 목숨을 잃도록 몰아갈 수도 있고, 이십 대의 풋풋한 처녀 호모사케르들이 직장에서 암에 걸려 시름시름 앓다 죽게 할 수도 있으며, 물대포와 '사제복' 같은 공식적인 살인무기를 누군가에게 쥐어줄 수도 있다.

호모사케르를 때려 죽이거나 불에 태워 죽인 것이 자본을 위한 복수의 행위였음이 밝혀지는 순간 그것은 무죄로 인정된다. 아감벤은 우리 모두는 잠재적으로 호모사케르라고 주장한다. 모두 자본의 저주에 속박되어 있고 절대적 살해 위험에 노출되어 있기 때문이다. 사람들은 더 많은 자본만이 더 좋은 삶을 낳을 거라는 환상에 빠져 있다. 자본주의는 이런 환상을 자양분으로 삼아 발전하는 것이라고 믿고 있는 걸까.

니체가 신을 죽인 탓에 인간은 불행해졌다. 차라리 옛날 신을 그냥 모시는 것이 새로운 신을 두는 것보다 좋지 않았을까? 자본이 너무 난폭해지자 사람들은 새로운 신을 영입하려고 시도한다. 폭력의 시간에 지친 사람들은 그런 조짐이 반가운지도 모른다.

호기심 많은 누군가 두터운 휘장 뒤에서 몸을 풀고 있는 새로운 신을 몰래 엿보았다. 그는 까치발로 걸어 무대를 내려와 군중들의 귀에다 속삭인다. 새로운 신의 생김새와 특징을 조용히 설명한다.

그의 말을 들은 사람들이 경악한다. 얼굴에 두려움이 번진다. 궁금한 사람들이 성급하게 질문한다. 수런대는 소리가 건물을 빠져나가, 거리를 점령한다. 새로운 신에 대한 소문은 도로를 따라 질주하기 시작한다. 아우토반을 달리듯 소문은 맹렬한 속도로 내달린다. 누구도 그것을 따라잡을 수 없다.

길 위에 남은 사람들은 아무것도 알지 못한 채 불안과 두려움에 뒤범벅 된 얼굴로 서로를 쳐다본다. 위안이 되는 것이라고는 자본이 우상의 자리에서 끌어내려질지도 모른다는 일말의 기대였다. 하지만 감이 빠른 몇 사람은 굳은 표정을 풀지 못한 채 소문이 달려간 길을 바라보며 중얼거린다. 더 암울한 시간이… 올지도… 모른다….

배명희

그림자

비가 내리면 동굴에 틀어박혀 눈을 감는다. 누구도 나타나지 않는다. 완벽한 평화 속으로 침잠한다. 그런 행운은 잠깐이다. 바람이 구름을 밀면 우리는 폭포처럼 떨어진다. 거대한 물줄기가 떨어지며 내는 우렁찬 소리처럼 세상으로 쏟아진다. 결코 비명을 지르지 않는다. 긴 몸을 끌고 조용히, 뛰고 달리고 걷고 그리고 기어간다. 태양은 사정없이 우리를 몰아붙인다. 빨리 강하게 견고하게 대지에 발을 붙여, 라고 외친다. 태양은 결코 우리를 이해할 수 없다.

그는 그림자가 없다. 우리를 감시하기 위해 그는 높이 올라간다. 우리는 쪼그라들어 난장이가 되었다가, 마침내 접시만 한 크기로 줄어든다. 아무도 저항하지 못한다. 줄어든 몸이 가벼워진다. 오랜 경험으로 그때가 움직이기 가장 좋다는 것을 알고 있다.

마음대로 움직여도 다른 존재를 가로막거나 누르지 않는다. 그래서 자유롭다. 오래 걷거나 뛰어도 지치지 않는다. 그런 시간은 잠깐이다. 비오는 날의 짧은 휴식처럼. 그림자가 없는 태양이 원을 그리며 하늘을 지난다. 몸이 조금씩 길어진다.

그러면 때로 사악한 마음이 생긴다. 내가 누구인지 아무도 알지 못한다. 얼룩말의 그림자에 얼룩이 없듯, 누구도 나의 얼룩을 볼 수 없다. 그 틈을 타 음험한 눈길을 세상에 보낸다. 태양은 나의 어둠을 세상에 까발리려고 맹렬히 빛을 퍼붓는다.

그럴수록 나는 어두워진다. 내 속의 악마는 얼룩무늬처럼 숨어 모든 것을 비웃는다. 내 잘못만은 아니다. 우리는 시지프스처럼 상처난 어깨에 바위를 메고 언덕을 오른다. 몸은 무겁고 바위는 상처를 벌리고 헤집는다.

새벽이 오기 직전의 밤이 가장 춥듯, 태양이 사라지기 직전이 가장 고통스럽다. 지쳐 쓰러져 찢어지고 갈라져 흐느적거린다. 도심의 가로등이 켜지면 어디로 가야 할지 몰라 이리저리 헤맨다. 희미한 달이라도 뜨면 소리 없는 아우성이 대기를 채운다. 유령처럼 풀어헤친 몸뚱이를 끌고 우리는 숨을 곳을 찾는다. 그런 곳은 어디에도 없다. 모습을 감춘 태양 대신 전등불이 눈을 번득인다.

오래 전 어느 한때, 우리도 생명력 넘치던 시간이 있었다. 달도 해도 없는 시간이 오면 광장에 불을 지폈다. 너울대며 타오르는 불꽃은 그림자가 없다. 그래서 우리를 자식처럼 바라보았다.

우리는 불의 리듬에 맞춰 춤을 추었다. 소리 없는 노래와 춤에는 힘이 넘쳐흘렀다. 땅으로 흘러내린 검은 힘에서 꽃이 피고, 새가 날고, 온갖 생명이 꿈틀대며 생겨났다. 불과 땅과 그림자에서 나온 힘이 어우러져, 숲이 되고 대지가 되고 강이 되고 바람이 되었다.

153

배명희

우리는 밤새 지치지도 않고 땅을 박차며 춤을 추었다. 새벽이 올 때까지, 날이 밝을 때까지 소리 없는 아름다운 노래를 불렀다.

새벽별이 뜨면 서로 지친 몸을 의지하며 바닥에 누웠다. 눈은 순식간에 감겼고, 손과 발은 뒤엉켜 땅으로 잦아들었다. 죽음과 같은 휴식이 달콤하게 찾아왔다. 이제 그런 시간은 없다. 화톳불이 너울대던 광장도, 기괴한 그림자를 드리우던 검은 숲도 맨발로 춤을 추던 대지도 존재하지 않는다.

축제의 밤은 전설로 남아 있을 뿐이다. 누구도 그림자가 노래를 부르고 춤을 출 수 있다는 것을 믿지 않는다. 수많은 전등이 우리를 갈가리 찢어 사방으로 흩어버렸다.

흐릿한 그림자는 힘이 없다. 겹쳐지고 포개진 그림자가 무엇을 할 수 있겠는가. 얼룩무늬조차 만들지 않던 그림자는 수없이 많은 미세한 명암과 농담을 제 몸에 지닌다. 비가 잦아든다. 폭포처럼 튀어나갈 시간이 다가온다. 기다란 몸을 끌며 부스스 몸을 일으킨다.

김은경

- 마이 웨이
- 함께 가는 길
- 길 너머 길

내게 있어 길은 하나밖에 없습니다.
사는 동안 수많은 길을 오르내렸지만
결국 그 수많은 길은 문학으로 통하는 길이었습니다.
그러기에 나는 현실을 살고 있지만
길은 문학이라는 꿈길밖에 없습니다.

2000년 《수필문학》에 〈이 호젓한 충만감을〉로 수필 등단.

마이 웨이

젊은 애들처럼 몸에 짝 달라붙는 빨간 바지를 입은 방 여사가 파란 샌들을 똑똑거리며 층계를 내려오는 순간, 식당 일 층에 있던 모든 영감들의 번들거리는 시선이 일제히 그녀에게 꽂혔다.

방 여사는 그런 눈빛이 아주 마음에 드는 듯 미소를 지으며 내려와서는 밥을 타기 위해 줄을 서 있는 영감들 사이로 살짝 끼어들었다.

"거기, 새치기하지 말아요."

뒤쪽에서 어느 할머니가 쇳소리를 냈다.

"새치기느은, 아, 내가 아까 부탁을 받고 미리 자리를 챙겨놓은 거여어."

방 여사 바로 뒤에 있던 영감이 그녀를 감싸고 돌았다.

"부탁 겉은 소리 허고 있네. 누가 모를 줄 알고?"

"하이고, 참 남새스러워서 볼 수가 없네."

"노망든 것도 아니고, 거 뭔 짓이래?"

여기저기서 이 말 저 말이 쏟아져 나온 통에 금방 주위가 소란스러

156

워졌다. 방 여사는 그러거나 말거나 눈 하나 깜짝하지 않고 자리를 지켰다. 요즘 노인복지회관 식당에서 점심시간마다 벌어지는 진풍경이다.

방 여사가 이 지역의 노인복지회관에 나타난 것은 작년 늦가을이었다. 겨울을 재촉하는 비가 한바탕 퍼붓고 나더니, 날씨가 쌀쌀해졌다. 바람이 휘몰아칠 때마다 떨어진 나뭇잎들이 쏴 소리를 내면서 이리저리 거리를 휩쓸고 다녔다. 무척이나 을씨년스러운 어느 날 아침, 시작한 지 삼십 분이나 지난 서예교실 문이 벌컥 열리더니 이곳에서는 한 번도 들어보지 못한 기름진 하이 톤의 음성이 들려왔다.

"저, 여기서 오늘부터 서예를 배워도 될까요?"

선생님뿐 아니라 붓글씨 쓰기에 여념이 없던 여덟 명의 수강생들은 깜짝 놀라 목소리의 주인공을 쳐다보았다. 갈색 모자를 쓰고 호피무늬 반코트에 갈색 바지를 차려 입은, 화장을 짙게 한 멋쟁이 할머니가 문 앞에 서 있었다. 도무지 나이를 가늠할 수 없는, 어쩐지 할머니라고 부르기엔 어울리지 않을 것 같은 낯선 모습 때문에 노인 수강생들은 벌린 입을 다물지 못했다.

조금 전까지도 화기애애하던 교실 분위기가 갑자기 긴장 국면으로 접어드는 듯하더니 물살이 갈라지듯 둘로 쫘아악 나뉘었다. 오 선생이 얼른 자리에서 일어나 옆으로 밀어놓았던 의자를 가져다 테이블 앞에 놓았다.

"어, 이리로 오시죠. 대환영입니다."

157

그녀는 웃는 듯 마는 듯 살짝 미소를 지으며 목례를 한 후 발걸음도 가볍게 걸어와서는 오 선생과 나 사이에 앉았다.

슬그머니 호기심이 생겼다. 차림새로 봐서는 붓글씨를 쓰겠다고 나설 만한 사람이 전혀 아닌 것 같았다. '뭐 하던 사람일까? 돈은 좀 있나보네. 바깥양반은 있나? 그래도 그렇지. 너무 화장이 진하지 않아?' 갑자기 머릿속이 와글거리는 것이 어쨌든 오늘 글씨 연습하기는 글렀다는 생각이 들었다.

"선생님, 오늘은 연습 그만하고 신입회원 환영회라도 하는 것이 어떨까요?"

나의 제안에 다들 기다렸다는 듯이 그러자고 했다. 차분했던 교실 분위기가 들뜬 기대감과 묘한 흥분으로 출렁거렸다.

"방말자예요."

그녀가 자신의 이름을 말하는 순간, 우리는 터져 나오는 웃음을 참을 수가 없었다. 고소했다. 이렇게 이름과 겉모습이 따로 놀기도 쉽지는 않을 것 같았다. 일종의 적의라고나 할까. 우리 여자들이 그녀에게 가졌던 질시 섞인 싸늘한 마음은 '말자'라는 이름 하나로 눈 녹듯 스르르 사라져버리는 것 같았다.

'그러겠지. 지가 아무리 노인복지회관에 어울리지 않는 모습으로 잔뜩 멋을 부리고 뻐기듯 우리 앞에 나타났어도 결국 저도 우리처럼 그저 그렇고 그런 삶을 살았을 거야. 지지리도 못난 남편이 아니면 바람둥이 남편을 만나 고생이란 고생은 다 했을지도 모르지.

지나간 날에 대한 보상 심리가 발동해서 저렇게 화려하게 꾸미고 나왔을 거야.'

공연히 마음속으로 그녀의 행복하지 않았을 삶을 상상했다. 이상하게도 마음이 놓였다. 나는 너그러워진 마음으로 그녀를 향해 환하게 웃어주었다. 나의 선입견과는 달리 그녀는 착실히 서예교실에 나왔다. 그리고는 꼭 오 선생과 나 사이에 앉아서 붓글씨 연습을 했다.

어느 사이 우리는 그녀를 방 여사라고 부르기 시작했고, 그녀의 일거수일투족을 주시하게 되었다. 겨울이 지나고 바람결이 조금씩 부드러워졌다. TV에서는 남쪽 지방의 꽃소식을 호들갑스럽게 전하고, 우리 늙은이들 마음에도 새 봄이 다시 찾아와준 것이 고맙게 여겨지던 어느 날이었다. 하루도 빠지지 않던 방 여사의 모습이 보이지 않았다. '갑자기 쓰러졌나? 아님, 사고가 났나? 무슨 일이 생겼나?' 날이 갈수록 그녀에 대한 걱정 섞인 궁금증이 커져갔다.

두어 달이 지났다. 꽃나무들의 화려한 잔치도 끝나고 빨간 넝쿨 장미가 하나둘씩 피어나던 지난 오월 중순경, 그녀가 서예교실 앞에서 나를 기다리고 있었다. 민 낯이 보기에도 많이 상한 것 같았다. 반가워서 얼른 그녀의 두 손을 잡았다. 그녀는 전신 마비 증세로 오랫동안 앓고 있던 남편이 세상을 떠났다는 얘기를 비로소 했다.

그날 이후 방 여사는 노인복지회관을 온통 휘젓고 다녔다. 서예교실은 물론이고 컴퓨터교실, 탁구교실, 노래교실 등을 들락거리며 자신의 존재감을 과시했다. 온갖 화려한 복장에 요란한 화장으로 영감

김은경

들의 관심과 여자들의 입방아에 오르내리면서.

오늘도 나는 소란스러운 식당 안, 입을 삐죽거리며 떠들어대는 할머니들 옆에서 방 여사를 향해 눈을 찡긋해주었다. 그리고 그녀들보다 더 큰 소리로 방 여사를 불렀다.

"방 여사, 이리 와서 내 앞에 서. 아까는 나한테 자리 맡아달라고 했잖아. 그새 잊어버렸나~암."

그녀는 나보다 한 옥타브 높은 음성으로 대답한다.

"어머, 형님! 내가 정말 그랬나요?"

함께 가는 길

그녀

'ㅂ. ㄱ. ㅅ. ㄷ.' 그에게서 문자가 왔다. '흥, 보고 싶다고? 이제 와서 이런 문자가 무슨 소용이람.' 나는 코웃음을 치면서 삭제 버튼을 가볍게 눌렀다. 그래도 그가 이번에는 정말 나랑 끝내는 게 아닐까 은근히 걱정을 했었는데, 먼저 문자를 날려줘서 다행이다.

일주일 전이었다. 그날도 골드미스라 자처하는 나는 언제나처럼 신세계 강남점에 있는 스타벅스에서 케이크를 곁들여 커피를 마시고 있었다. 휴일에 느지막이 일어나서 외출 준비를 한 다음 백화점 문이 열리자마자 들어가 매장 안을 한바탕 돌면서 사고 싶은 옷이나 백, 액세서리 등을 점찍어놓고 커피와 케이크로 간단히 요기를 하는 것은 일종의 나의 취미생활이다.

나의 부모가 일평생 한 일이라고는 악착스레 돈을 모으는 것이었다. 결과적으로는 평생 쓰고도 남을 만큼 많은 현찰과 부동산을 소유하게 되었지만, 부모님은 별로 호사를 누려보지도 못한 채 중앙선

161

김은경

을 넘어 돌진하는 화물 트럭에 치여 비명횡사했다. 전날 할아버지 제사 때문에 부산에 사시는 큰아버지 댁에 가셨다가 돌아오시는 길이었다.

장례식장에서 집안 친척들이 수군거리는 소리는 들으나마나한 소리였다. 아무도 부모님의 죽음을 슬퍼하지 않았다. '그렇게 남들에게 모질게 하더니, 쯔쯔.' 혀를 차는 소리가 들리는 듯했다. 눈물이 나지 않는 것은 외동딸인 나도 마찬가지였다. 식물인간이 되거나 불구가 되어 내 짐 덩어리가 되느니 차라리 깨끗하게 돌아가신 것이 다행이었다.

부모님이 남겨주신 재산 덕에 나는 지난 오 년 동안 참으로 신나게 살아왔다. 처음에는 남자들이 나에게 접근하면 내가 가진 돈 때문이 아닐까 싶어 경계를 늦추지 않았다. 그런데 그게 아니었다. 돈 없는 남자들은 하나같이 쥐뿔도 없는 것들이 자존심만 들먹이며 나를 골 빈 속물 취급을 하면서 지레 내 곁을 떠나갔다. 오히려 돈 많고 잘생긴 남자들은 나와의 만남을 유쾌하게 즐길 줄 알았을 뿐 아니라 무엇을 하건 세련된 멋이 풍겨났고, 피차가 적당히 돈을 지불할 줄도 알았으며, 적당히 떠날 줄도 알았다. 과하지도 모자라지도 않게 적당하다는 것이 이렇게 달콤한 일일 줄이야! 나는 그런 그들과 매일같이 파티를 하듯 즐겁게 만나고, 가볍게 헤어졌다.

그랬었는데 어디서부터 꼬였을까? 왜 그런 찌질이한테 질질 끌려다니며 몇 달을 헤어나지 못하고 있는 것일까? 단지 초등학교 때 모든 여학생들의 우상이자 누구도 따라잡지 못하는 전교 일 등 수재 모범생인 데다 나 홀로 애타게 짝사랑하던 아이였기 때문일까? 내가 생각해도 어이가 없다. 지금은 가난한 집안의 생계를 책임지고 있는, 별 볼 일 없는 가난뱅이 샐러리맨일 뿐인데, 정말 화가 난다.

휴일에는 데이트를 하지 않고 쇼핑만 하는 것이 나의 라이프스타일인데 그날따라 그가 나를 꼭 만나고 싶다고 해서 어쩔 수 없이 스타벅스에서 만나기로 한 것이었다. 그는 무언가 중요한 할 말이 있는 듯 나를 가만히 바라보았다. 그의 진지한 눈빛은 '나와 결혼하자. 부모님 만나 뵈러 우리 집에 같이 가자.' 라고 말하는 것 같았다.

공연히 초조해졌다. 나는 아직 구체적으로 나의 미래를 생각해본 적이 없다. 그러기에 그 어떤 것도 지금 당장 그와 약속할 수 있는 입장이 아니다. 그렇다고 그와 헤어지고 싶은 마음은 더더욱 없었다.

나는 그의 눈을 피해 커피를 한 모금 마시고 난 다음 서둘러 찜해 놓은 명품 백 얘기를 꺼냈다.

"빨간색인데, 천팔백만 원!" 하면서 그를 보았다.

순간 어이없어하는 듯, 아니 비웃는 듯 그의 눈빛이 나를 비껴가는 것을 느꼈다.

ㄱ

'ㅂ. ㄱ. ㅅ. ㄷ.' 그녀에게 문자를 보냈다. 자기만족에 취해 살아가는 그녀는 이 문자를 보면 분명히 '보고 싶다'로 읽고는 '흥' 하고 코웃음을 칠 것이다. 그녀에게 이 세상 남자는 두 가지 종류로만 분류된다. 돈 많은 남자와 돈 없는 남자로.

몇 달 전, 우리 회사가 심혈을 기울여 만들어낸 신제품에 비상한 관심을 보이던 미국 H사에서 전화가 왔다. 엄청난 이윤을 창출할 수 있는 중요한 사안이었으므로 사장의 특명이 브레인인 내게 떨어졌다.

일요일이었지만 바이어의 일정 관계로 열한 시 반에 롯데호텔 커피숍에서 그를 만나기로 했다. 호텔 로비를 지나 커피숍으로 들어갔다. 아직 바이어는 도착을 하지 않았는지 외국인은 보이지 않았다. 자리를 잡고 앉았다.

나와 대각선 방향 창가 쪽에 얼핏 봐도 화려하고 세련된 옷차림을 한 미모의 여성이 혼자 앉아 있는 것이 눈에 띄었다. 누구를 특별히 기다리는 것이 아닌 듯, 무척이나 여유 있고 한가로운 모습이었다.

호기심이 생겼다. 나도 모르게 자꾸 눈길이 갔다. 그런데 어딘지 모르게 낯이 익었다. '누구지? 어디서 봤지?' 아무리 이리저리 생각을 해봐도 기억은 나지 않았다.

마침 바이어가 들어왔다. 서로 악수를 나눈 후, 곧바로 우리는 서류 검토에 들어갔다. 간간이 그가 질문을 하거나 문제점을 지적했다. 그에 따라 나는 자세히 설명을 하거나 의견을 나누었다. 그가 호의적인 반응을 보이더니 오케이를 했다. 드디어 계약을 따낸 것이다.

이런 순간을 나는 마음 깊이 즐긴다. 승부수를 던지고 기다리고 그리고 이루어내는 순간의 그 짜릿함! 중요한 일을 해냈다는 성취감

과 뿌듯함은 연봉 프리미엄보다 더욱 나를 살맛나게 해주는 한 알의
종합비타민이다.

일이 끝나자 바이어는 바삐 자리를 떴다. 휴대폰으로 사장에게 계
약 체결에 관한 보고를 했다. 사장의 웃음소리가 커다랗게 울렸다.
날아갈 듯 기분이 한껏 고조되었다.

그때였다. 대각선 맞은편 쪽에 앉아 있던 그녀가 웨이터를 불렀다.
커피 리필을 부탁하는 그녀의 목소리를 듣는 순간, 나는 아스라한 기
억의 저편을 떠올렸다. 이십여 년 전의 수많은 날들을. 갈래머리를 하
고 다니던 예쁘장한 소녀, 나를 보면 내 이름을 크게 부르며 이유도
없이 까르르르 웃던 소녀, 늘 내 곁을 맴돌며 재잘거렸던 소녀의 목
소리가 불현듯 떠오른 것이다.

이런 만남을 사람들은 운명이라고 하는 걸까? 그날 이후 우리는
자주 만났다. 삶의 패턴은 너무나 달랐지만 그런대로 우리는 공유하
는 어린 시절이 있었다. 그리고 그녀에게서는 화려한 아름다움 속에
감춰진 상처나 아픔 같은 것이 느껴졌다.

무언가 결핍된 것을 채우려고 안간힘을 쓰는 것처럼 그녀는 명품
에 매달리거나 최고급에 집착했다. 나는 그런 그녀가 안쓰러웠다. 그
녀를 억지로 내 삶의 방식대로 끌고 가고 싶지는 않았다. 적당히 그녀
를 인정해주고, 또 적당히 내 스타일을 고집하면서 지금까지 지내왔
다. 나는 그녀와의 미래도 이런 식으로 무리 없이 잘 진행될 수 있을

김은경

것 같았다.

만나는 여자가 있다고 하니까 부모님은 한번 집으로 데려오라고 하셨다. 지난주 토요일이었다. 모처럼 맞는 한가한 휴일이었다. 그녀에게 연락을 했다. 그녀는 주말 데이트를 별로 내키지 않아 했지만 나는 그녀를 만나 집으로 데려갈 작정이었다. 백화점 내에 있는 스타벅스는 벌써 사람들로 꽉 차서 시끄러웠다. 그곳을 빨리 나가고 싶었다.

그런데 그녀는 내 기분은 아랑곳없이 천팔백만 원짜리 백 이야기를 하고 있었다. 나는 더 이상 아무런 말도 하고 싶지 않았다. 그런 순간 난 그녀가 정말 '보. 기. 싫. 다.' 아니 차라리 '비. 기. 싫. 다.' 고 해야 내 마음을 정확히 표현했다고 할 수 있을 것이다.

그래서 화난 김에 'ㅂ. ㄱ. ㅅ. ㄷ.' 라고 문자를 보냈다. 그녀는 내 문자를 보고 '흥!' 하고 코웃음을 치겠지만 속으로는 먼저 문자를 날려서 그녀의 자존심을 세워준 것에 대해 만족해 할 것이다.

이제 일주일쯤 후 나는 그녀에게 만나자고 전화를 할 것이고 그녀는 아리따운 목소리로 알았다고 대답을 할 것이다. 경쟁을 좋아하는 나지만, 그리고 한 번도 져본 적이 없는 나지만 그녀와는 적당히 이기고 적당히 져주면서 그렇게 살아갈 것이다.

길 너머 길

그 남자였다. 코너에 있는 세븐일레븐 편의점에서 삼각김밥 하나를 사 들고 나와 모퉁이를 막 돌았을 때였다. 이십 미터 정도밖에 안되는 가까운 거리에서 왜소해 보이는 한 남자가 걸어오고 있었는데, 그 걷는 모습이 너무나 익숙했다.

나는 황급히 돌아서서 편의점으로 들어갔다. 가슴이 마구 뛰었다. 밖을 살펴보았다. 그 남자는 나를 보지 못한 듯 무심히 내 앞을 지나쳐 갔다. 맑은 눈빛에 창백한 얼굴 모습까지 십 년의 세월이 흘렀건만 그는 조금도 변하지 않았다. 가슴을 쓸어내리고 심호흡을 했다.

그와 헤어진 후 지금까지 나는 단 한순간도 그를 잊은 적이 없었다. 언제고 다시 만나겠지 하면서 십 년을 견뎠지만 그건 그냥 대책 없는 기다림일 뿐이었다. 처음에는 곧 만날 줄 알았다. 그러나 연락이 되지 않았다. 그는 거짓말처럼 내게서 사라졌다. 우연이라도 다시 만나는 장면을 수없이 그리고 또 간절히 바랐지만 다시는 그를 만날 수 없었다.

며칠 전이었다. 친구가 나에게 황급히 전화를 했다. 그녀가 살고

김은경

있는 동네 근처 편의점 앞에서 지나가는 그를 봤다는 것이다. 그간의 그와 나 사이를 자세히 알고 있는 유일한 친구였기에 반신반의하면서도 가슴이 울렁거렸다. 일이 손에 잡히지 않았다.

나는 점심시간마다 틈을 내서 이곳에 왔다. 혹시나 하는 기대로 삼각김밥 하나로 점심을 때우면서 주변을 어슬렁거리다가는 회사로 들어가기를 닷새째. 드디어 눈앞에서 그가 지나가고 있는 것이다.

길을 건넌 그는 다세대주택이 밀집해 있는 골목으로 접어들었다. 멀찍이 떨어져 뒤를 따라갔다. 언덕배기를 향해 올라가는 그의 뒷모습에 눈시울이 붉어졌다. 저 모습! 그의 뒷모습은 늘 내게 견딜 수 없는 슬픔을 안겨주었다. 언제부터 나는 그의 뒷모습에서 쓸쓸함과 연민을 동시에 느꼈던 것일까?

아마도 저녁 무렵 그의 엄마가 "광덕아, 광덕아!" 목청껏 부르던 소리가 우리 집 앞 골목에 애절하게 메아리치던 삼십 년 전부터였을 것이다. 이리저리 쏘다니고 있을 아들을 찾다 못해 지쳐버린 엄마는 번번이 늦게 나타난 아들의 등짝을 후려치고는, "아이고 내 새끼!" 하며 서러움이 북받쳐 함께 울곤 했었다.

그와 동갑내기였던 나는 열 살밖에 되지 않은 어린애였지만, 남의 집 일을 해주고 나서 혼자 있을 어린 아들 끼니 걱정에 허겁지겁 달려왔을 그 엄마의 애달픈 심정이 마음 깊이 이해되었다. 모자의 울음소리가 너무 슬퍼서 나 혼자 훌쩍거릴 때도 있었다. 우리 엄마는 나에게 자주 그 아이를 데려오라고 하셨다. 점심을 차려서 같이 먹게 하시거나 고구마나 감자, 또는 부침개를 해서 주실 때도 있었다.

지금 생각해보면 그에 대한 나의 사랑은 일방적이었는지도 모른다. 아니 맹목이었다는 것이 더 정확한 표현일 것이다. 아니, 그건 아니었다. 그와 나의 관계는 남녀 사이의 사랑이라고만 말하기에는 무언가 부족한, 사랑 그 이상의 관계였다고 생각한다. 그럼에도 갑작스런 이별 뒤에 내가 깨달은 것은 그에 대해 아는 것이 거의 아무것도 없다는 것이었다.

늘어선 다세대주택 끝은 야트막한 산과 맞닿아 있었다. 삼 층짜리 빌라 앞에는 간신히 차 두 대를 주차할 만한 공간이 있고 그 앞에 산으로 오를 수 있는 낮고 조악한 층계가 보였다.

층계 앞까지 왔을 때 난 두 눈을 의심했다. 빌라에 가려져 보이지 않던 조그마한 집 한 채가 산기슭에 붙어 있는 것이 눈에 띄었기 때문이다. 층계는 그 집으로 가기 위한 통로였을 뿐 산으로 가는 길은 막혀 있었다. 층계 옆에는 '김광덕'이라고 쓴 나무로 만든 문패와 작은 편지함이 세워져 있고, 집 담벼락에는 개망초가 그려져 있었다.

가슴께에 뻐근하게 통증이 왔다. 그에 대한 그리움이 걷잡을 수 없이 휘몰아쳐왔다. 그때였다. 문이 열리는 기척과 함께 꿈에도 잊을 수 없었던 그의 목소리가 들렸다.

"어머니, 나가시게요?"

"아니다. 상추 좀 뜯어서 점심이나 먹자."

　나는 주차된 차 옆으로 몸을 낮추고, 밖으로 나와 한 평 남짓한 텃밭에서 상추를 뜯는 그의 어머니를 살펴보았다. 그리고 깜짝 놀랐다. 얼굴뿐만 아니라 팔이며 목덜미까지 처참하리만치 화상의 흔적이 심했다. 바람 한줄기가 상큼하게 불어왔다. 찔레꽃 향기가 코끝을 스쳤다. 갑자기 허기가 몰려왔다. 나는 층계참에 걸터앉아서 들고 있던 삼각 김밥을 먹기 시작했다. 가까이서 뻐꾸기 울음소리가 뻐꾹 뻐꾹 한가롭게 들려왔다.

이하언

- 전설은 그렇게 이루어졌다
- 길 없는 길
- 아리랑

몇 시간을, 아니 하루 종일,
어쩌면 훨씬 더 많은 시간이었을지도 모른다.
생각하고 또 생각했다.
길은 없었다.
그래서 길을 찾아 길 없는 길을 나선다.

2007년 《평화신문》 신춘문예에 소설 〈달집 태우기〉 당선,
같은 해 〈검은 호수〉로 '평사리문학상' 대상을 받으며 등단.

전설은 그렇게 이루어졌다

마을은 덤불과 붉은 흙더미로 둘러싸여 오랫동안 세상과 고립되어 있었다. 마을에는 오래 전부터 전해 내려오던 전설이 있었는데, 언젠가 세상을 향해 길을 열어줄 지도자가 올 것이며 그날이 멀지 않았다는 것이었다.

어느 날 저 멀리서 덤불이 쓰러지고 흙더미가 무너져 내리는 것이 보였다. 그날이 오고 있다는 것을 깨달은 마을은 흥분으로 들떠 술렁댔다.

마침내 마을을 막고 있던 마지막 덤불이 열리고 한 사나이가 모습을 드러냈다. 그러나 막상 나서서 맞이하는 사람은 없었다. 사나이는 남루했고 가까이 하기도 싫을 만큼 더러웠다. 흙투성이에 지푸라기가 엉겨 붙은 봉두난발에 땟국 꾀죄죄한 옷은 찢겨져 너덜댔고 옷자락 사이로 앙상하게 드러난 갈비뼈는 긁혀 군데군데 피딱지가 앉아 있었다.

사나이는 너무나 지쳐 서 있을 힘도 없어 보였고, 사람들을 보자들릴락 말락 약한 소리로 쩍쩍 갈라진 입술을 달싹대었다.

"제발 도와주세요, 먹을 거 좀 주세요."

마을사람들은 낙담했다. 그들이 기다리던 지도자는 먹을 것을 구걸하는 그런 비굴한 모습이어서는 안 되었다. 사나이는 사람들을 향해 발을 떼려 애를 썼고 사람들은 그만큼 더 뒤로 물러섰다.

그때였다. 누군가 들뜬 목소리로 소리쳤다.

"저기를 보라! 드디어 그 분이 오셨다!"

봉두난발 사나이가 헤쳐 만든 길을 밟으며 한 남자가 오고 있었다.

백옥처럼 하얀 옷을 입은 남자는 자신에게 쏟아진 시선을 보고 온화한 미소를 지어 보였다. 마을사람들은 희망에 찬 목소리로 환호했다.

"보라, 마침내 그날이 오도다!"

흙더미와 덤불을 헤치고도 티끌 하나 묻지 않은 정갈하고 단정한 모습으로 찾아온 그를 향해 사람들은 합창했다.

"당신이야말로 우리가 기다리던 바로 그 분입니다!"

남자는 미소를 띤 채 품위 있게 손을 들어 환호에 답해주었다.

축제 분위기가 된 마을은 봉두난발의 지친 사나이를 잊어버렸다. 오랜 시간동안 흙더미를 퍼내고 덤불을 헤치며 길을 만들어온 사나이는 체력이 완전히 고갈되어 버렸다.

온화한 미소의 흰옷을 입은 남자가 지도자 추대를 받는 동안 봉두난발의 사나이는 목마름과 굶주림을 참을 수 없어 기어서 물웅덩이를 찾아갔다. 고개를 박고 물을 마셨지만 바닥난 체력 때문에 그에게는 고개를 들 마지막 힘조차 남아 있지 않았다. 결국 봉두난발은 얕은 물웅덩이에 빠져 죽고 말았다.

이후 세상과 소통시켜주는 길이 생긴 사람들은 깨끗한 옷차림과 편안한 얼굴로 마을을 나설 수 있게 되었다. 마을은 평온하고 행복해졌고 모두 지도자의 온화한 미소를 닮아갔다. 사람들은 세상과 통하는 그 길을 처음 밟고 온 지도자를 존경하여 그 업적을 후세에 기록으로 남겨 길이길이 찬양하기로 했다.

한편 지친 나머지 어린아이도 안 빠질 얕은 물웅덩이에 빠져서 죽고만 봉두난발 사나이는 비웃음과 수치의 상징이 되어 입으로 입에서 전해졌다.

그렇게 전설은 이루어졌다.

길 없는 길

버스에서 아마 잘못 내린 모양이었다.

"고모, 주위에 보이는 큰 건물을 말씀해주세요."

전화기 너머로 들리는 조카아이의 목소리는 여전히 밝다. 주위에 보이는 건물을 이야기하니 조카가 대답했다.

"우리 집에서 멀지 않아요, 그곳에서 큰길 따라 똑바로 내려오면 되는데 또 길이 엇갈릴지 모르니 기다리고 계세요. 제가 나갈게요."

대략 십오 분 정도 걸릴 거라고 했다.

"길만 따라 가면 된다면 나도 슬슬 내려가마. 그러면 중간쯤에서 만나겠지."

그런데 내려가면서 계속 주위를 살펴보았는데도 조카와 마주쳐지지 않았다. 거의 십 분이 지나자 엇갈린 건가 하는 불안한 생각이 들었다.

주위를 두리번대던 그때 길 건너편에 호리호리한 체격의 미소년이 서 있는 것이 보였다. 조카였다. 조카는 발을 멈추고 서서 하늘을 올려다보고 있었다. 나는 조카의 시선을 좇아가보았다.

이
하
언

조카의 시선이 머문 곳에는 높은 고가도로 교각공사가 한창이었다. 산허리를 다 깎아 도로를 만들고 산 높이만큼 높은 다리를 세워 진입도로 구간을 만들고 있는 것 같았다. 기둥은 모두 세워져 다리 모양은 거의 잡혀 있었는데 조카의 시선은 기둥과 기둥 사이 아직 상판이 놓이지 않은 곳을 향하고 있었다.

'왜 저것을 저렇게 넋이 빠져 보고 있지?' 왠지 기분이 좋지 않았다. 조카를 불렀다. 그러나 조카는 이가 빠진 다리에서 눈을 떼지 못하고 있었다. 재차 부르자 그제야 고개를 돌렸다.

길을 건너 내게로 온 조카는 씨익 웃었다.

"아, 고모가 저보다 훨씬 빨랐네요."

"무얼 그렇게 보는 거니?"

"끊어진 다리요."

"끊어진 게 아니라 아직 이어지지 않은 다리지."

나는 말을 고쳐주었다. 왠지 그래야 할 거 같았다.

"그렇군요."

"저렇게 높이 세울 수 있다는 게 신기하지 않아요? 마치 하늘하고 연결시켜주는 거 같잖아요."

조카는 천진하게 웃었다.

그 말을 듣고 다시 보아도 내 눈에 비친 것은 공사 중인 삭막한 시멘트 구조물뿐이었다. 책을 좋아하고 비현실적일 만큼 착하고 고운 성품의 조카는 어떤 다리를 보고 있었던 걸까.

한 달 후 새벽에 전화벨이 울렸다. 전화 속에서 여동생은 우느라 말을 제대로 잇지 못하고 있었다.

"언니, 어쩌면 좋아. 조카가 죽었대."

황급히 조카 집을 찾아가던 나는 다리 상판이 놓인 것을 보았다. 나는 걸음을 멈추고 그때 조카가 그랬듯이 하늘과 연결된 다리를 고개 젖혀 오랫동안 올려다보았다.

177

아리랑

“안 들어가세요?”

지연 엄마가 물었다.

베아트리체는 멀뚱하게 쳐다보았다.

“우드 유 캄 위드 미?”

지연 엄마가 이번에는 영어로 말했다.

베아트리체가 여전히 못 알아들은 표정을 짓자 지연 엄마는 어깨를 한 번 으쓱대더니 예의 바른 미소를 보여주며 카페로 들어갔다. 예쁜 레이스 커튼이 쳐 있는 카페의 조그마한 유리창으로 지연 엄마를 맞이하는 몇몇 한국 여인들의 모습이 보였다.

스위스 제네바에서는 매주 목요일이면 한글학교가 열린다. 제이미까지 포함해 학생들은 모두 열여덟 명이다. 초등학생을 대상으로 말 그대로 한글만 가르치는 수업인데 아이들을 데리고 온 엄마들에게는 오래간만에 한국말로 마음껏 수다를 떨 수 있는 날이기도 하다.

제네바는 일반 한인 교민들은 많지 않은 편이지만 유엔 산하 국제

기구가 있기 때문에 공무원들이나 외무부 직원들이 많이 파견되어 있다. 그들은 정해진 임기가 끝나면 본국으로 돌아가므로 제네바 교민들은 자주 바뀐다.

베아트리체는 그동안 한인들과 교분을 가진 적이 없었다. 마켓에서 한국인과 마주친 적은 있었지만 스쳐지나갔을 분이없었다.

베아트리체의 평화가 깨어진 건 지난 달 제이미의 반에 한국인 학생이 전학해 온 뒤부터였다. 한국 아이들은 거의 다 국제학교에 다니므로 제이미가 학교에서 신와中國나 자뽕日本이 아닌 꼬레 학생을 만난 것은 처음이었다.

제이미는 일주일에 한 번씩 한글학교가 열린다는 사실도 알게 되었다. 그날 제이미는 흥분해서 말했다.

"마모, 나도 한글학교 가고 싶어."

제이미는 한국에 대해 매우 관심이 많다. 한국에서 태어났기 때문이었다. 세 살 때 떠난 곳인데 단편적인 기억을 한번씩 끄집어내어 베아트리체를 당황하게 만들곤 했다.

"외국어를 하나라도 더 많이 안다는 건 좋은 일이지, 더구나 당신 나라 언어인데."

미셀까지 적극 찬성하는 바람에 베아트리체는 자신의 생각을 꺼내보지도 못했다.

제이미는 5학년이지만 한국말을 모르므로 한 명뿐인 1학년생 지

179

연이와 함께 수업을 받기로 했다.

"어머님은 한국인이세요?"

처음 한글학교에 등록하러 갔을 때 교장선생님이 물었다. 베아트리체가 알아듣지 못하는 표정을 짓자 이번에는 불어로 물었다.

"부제뜨 꼬레안?"

베아트리체는 망설이다가 고개를 저었다. 그녀는 분명히 스위스인이었다. 미셸을 따라 한국을 떠난 그 순간부터 그랬다.

한글학교를 찾는 어머니들은 베아트리체와 어딘가 달랐다. 그녀들도 그것을 느꼈을 것이다. 아주 재빠르게 베아트리체를 아래위로 한 번 스윽 훑고 지나가는 그 눈빛들이 '너, 어떤 여자인지 알겠어.' 하는 듯했다.

그녀들은 아이들 수업이 끝날 때까지 카페에서 차를 마시며 기다렸다. 간간이 웃음소리가 새어나올 때도 있었지만 대체로 조용했다. 베아트리체가 한국에서 속했던 세계의 사람들과는 전혀 다른 사람들이었을 그녀들은 흠잡을 데 없이 예의 발랐고 접근할 수 없을 만큼 교양이 있었다. 교장선생님 외에 불어를 아는 사람들이 없다는 것은 다행스러운 일이었다.

베아트리체는 수업이 끝날 때쯤 시간을 맞춰 갔다.

"수업은 어때? 재미있니?"

베아트리체가 은근히 묻자 제이미는 고개를 저었다.

"꼬맹이도 알아듣는 말을 나는 못 알아들으니까 바보가 된 기분이야."

"그만두는 게 어때? 뭐 하러 그런 스트레스를 받으려고 해."

"하지만 난 한국말을 배우고 싶어."

제이미는 고집스레 말했다.

"도대체 왜 한국어를 배우려는 거니?"

제이미가 으스대듯 말했다.

"어떤 책에서 봤는데 언어는 길이라고 했어."

베아트리체는 다시 물었다.

"좋아, 그럼 그 길을 왜 가고 싶은 거니?"

그러자 그런 질문 자체가 이상하다는 듯 제이미는 베아트리체를 빤히 쳐다보았다.

"내가 태어난 나라잖아, 언젠가는 가봐야지, 마모도 그렇고 싶지 않아? 마모의 나라인데."

무심코 베아트리체가 중얼댔다.

"걸어서는 안 되는 길도 있단다."

제이미가 깜짝 놀라 말했다.

"뭐라고 했어? 그거 한국말 아니야? 마모도 한국말 할 줄 알아? 다 잊어버렸다고 했잖아."

베아트리체는 다시 말했다.

181

“이미 오래 전에 사라져버린 곳이야. 그리고 난 그 길을 다시 찾아
내고 싶지 않아.”

오랫동안 기억 저 뒤편으로 밀어 넣어버렸던, 잊어버리려 애를 썼
던 언어였다. 제이미가 커다래진 눈으로 베아트리체를 보고 있었다.

최서윤

내 영혼의 오프로드, 저 구름 흘러가는 곳…
구름은 멈추어 서서 어느 쪽으로 갈까 고민하지 않는다.
구름은 싫어하는 곳을 빨리 지나치지 못해 괴로워하지 않고,
좋아하는 곳에 머물지 못하는 것을 가슴 아파하지도 않는 것 같다.
길이 아니면 가지 말라고 호통치지 않는다.
지나가면 길이 된다고 호기 부리지도 않는다.
흰 구름, 먹구름, 꽃구름…
바람이 부는 대로 모였다가 흩어지고, 왔다가 간다.

1996년 《소설과 사상》으로 등단, 창작집으로 《길》이 있다.

경로를 이탈했습니다

“여기가 바닷속이었다니, 참!”

차창 밖으로 눈 덮인 산이 둘러쳐진 풍경을 바라보던 할아버지가 말했다. 우리는 영월에 있는 ‘아프리카 박물관’ 행사에 참석하고서 그 앞에 있는 ‘고씨동굴’ 을 구경하고 돌아가는 길이다. 겨울철 장거리 운전이 내키지 않던 할아버지는 운전을 교대로 하려고 나를 데리고 왔다.

동굴은 바닷속에서 융기한 석회암 지형과 하늘에서 내린 빗물이 만나면서 만들어졌다고 한다. 빗물이 암석에 구멍을 내고 들어가 종유석, 석순, 석주를 만들고 궁전같이 넓은 터를 닦자 그 안에 여러 가지 만물상이 생겨났다.

“평지도 아니고 이렇게 높은 산악지역이 바닷속이었다니 놀랍지 않니?”

“옛날에는 일본과 육지로 연결돼 있었으니 그곳은 육지가 바다로 된 것이죠.”

“바다가 육지가 되고, 육지가 바다가 되려면 얼마나 오랜 세월이 흘렀을까. 그리고 말이다. 햇빛 찬란한 아프리카 문명 박물관이 하필 그 동굴 앞에 세워진 것을 음 양의 조화라고 해야 하나…"

운전대를 내게 맡긴 할아버지가 조수석에 앉아서 지구가 변화해 온 수억만 년의 시공간을 유영하고 있을 때 나는 바로 앞 길을 헤매고 있었다. 제천 방향의 고속도로로 들어갔어야 하는 시간이 한참 전인데 여태 그 지역을 벗어나지 못한 것이다.

"이상하네."

내가 중얼거리는 소리를 듣고서야 할아버지는 뭔가 잘못 돌아간다는 것을 눈치챘다. 그때 마침 네비게이션에서 '경로를 이탈했습니다' 안내가 나오고 경로를 다시 검색하겠다는 말이 나왔다.

"이런, 지금 너는 위성에서 보내오는 네비게이션의 사인을 못 맞추고 있어. 저기 좀 더 가서 방향을 바꾸어야 했는데 먼저 들어갔잖아."

할아버지는 늦게 방향을 바꾸어서 몇 번 골탕을 먹었는데 너는 너무 앞서 들어가서 탈이라며 자리를 바꾸자고 했다.

"요즘 네비게이션는 쉽게 잘 나온다는데 이건 차를 살 때 달려 있던 거라 그런지 복잡하고 불편해. 바꾸려고 하다가 그대로 두었더니만, 어디서 차를 좀 세워봐라."

"잠깐만요."

바로 그때 차 두 대가 동시에 지나갈 수 없는 좁은 농로로 들어서고 있었다.

작은 시골 마을로 들어간 뒤에는 마주 오는 차를 만나면 차를 뒤로 뺐다 앞으로 갔다 하며 정신없이 헤맸다. 날까지 어두워지자 마치 빠져나갈 수 없는 동굴 속을 헤매는 것 같았다.

'검색을 다시 시작하겠습니다. 잠시 후 좌회전입니다. 잠시 후 우회전입니다.'

네비게이션에서 계속 흘러나오는 말들이 마치 우리가 그 좁은 동네를 영원히 벗어나지 못하게 만드는 주술처럼 들렸다.

"안 되겠다. 이걸 꺼. 그리고 목적지를 생각하지 말고, 무조건 큰길로 나가!"

멀리 보이는 고가도로를 향해 나가자 가로등이 환하게 켜진 사차선 도로가 나왔다. 그 길을 얼마 달리지 않아 고속도로 진입 표지판이 보였다.

개 산책
– 무의식의 심연에는 '본능'과 '본성' 두 마리의 개가 살고 있다

일주일을 꼬박 기다려온 산책길에서 우리는 또 목줄을 사이에 두고 씨름을 하고 있다. 정말이지 이건 너나 나나 원치 않는 상황인데 왜 매번 되풀이되는지 알 수가 없구나!

지나가는 개들을 만나거나 무슨 냄새를 맡으면 줄을 잡아끌며 고집을 피우는 너를 보면 네 맘대로 가라고 목줄을 놓아주고 싶다. 네가 유기견이 되든, 사람을 물다가 잡혀서 안락사로 사라지든 더 이상 상관하고 싶지 않단 말이다.

하지만 우리가 꼭 이렇게까지 해야 하는지, 생각 좀 해보자. 나는 집을 잃어버릴 수 있는 너를 보호하고, 네게 물릴 사람들을 보호하기 위해 네 목줄을 단단히 잡고 있어야 해. 네가 사람들과 친화력이 뛰어나고 영리한 품종이어서 아이들을 돌보고, 맹인들의 길을 안내하는 순둥이라지만 그걸 네 큰 덩치에 모르는 겁을 먹는단다. 또 네게는 먼 조상인 늑대의 피가 흐르고 있어서 사람들의 자극에 흥분하면 야성이 발동해 물어뜯는 사고를 낼 수 있기 때문에 목줄이 꼭 필요해.

밤늦게 일을 마치고 돌아올 때 네가 있어서 빈집이 아니라는 이유만

최
서
운

으로, 너를 종일 집안에 갇혀 혼자 지내게 하는 것이 미안하고 고맙긴 하다. 그 대신 네게 일용할 양식을 주고 안락한 잠자리를 보장해주니 그리 야박한 거래는 아니잖니? 이건 나의 일방적인 배려이고 사랑이긴 하다만 네가 개로 태어난 이상 어쩔 수 없는 거란다.

그래도 너는 늑대가 되어 위험천만한 야생의 숲에서 굶어죽거나 인간의 조직 사회에 끼어 질식할 염려가 없으니 너무 비관하지 말거라. 너를 부러워하는 사람들도 있어서 개 팔자가 상팔자라는 말도 있지 않니. 네가 집안을 헤집고 다니며 물건들을 물어뜯어서 베란다에 가둬놓고 있는 것도 나로서는 하고 싶지 않은 일이야. 하지만 살다보면 어쩔 수 없이 해야만 하는 것들이 있다는 것을 네가 이해해주렴.

그러고 보니 말을 할 줄 안다는 이유만으로 내가 이런저런 이유를 대며 네게 모든 걸 이해해 달라고 하는구나. 한 마디도 하지 못하는 너를 이해할 생각은 하지 않고…. 그래, 일주일을 꼬박 기다리며 갇혀 사는 네게 바람을 쐬어준다고 나와서까지 내 맘대로 하려고 하는 내가 미련했다. 사실 네게 꼭 가야 할 길이 어디 있고, 꼭 피해야 할 길이 어디 있니? 어차피 목줄에 잡혀 있는 마당에….

나는 네게 좋을 것이라고 생각하는 공간을 제공해주는 대신 일주일에 한 번뿐인 두 시간짜리 자유를 줘야 한다는 걸 몰랐구나.

이제부터 두 시간 동안 네게 결정권을 주겠다. 네가 이끄는 대로 따라가주마. 물구덩이, 불구덩이 빼놓고 다 가겠다. 내 외로움의 동반자 너를 위하여….

길 위의 여자

　새벽에 텅 빈 도로를 달리다가 며느리고개 입구에서 서행하는 자동차 행렬을 만났다. 그곳은 밥을 훔쳐 먹다가 쫓겨난 며느리가 친정집에서 받아주지 않자 다시 시댁으로 가던 고갯길에서 굶어죽었다는 이야기가 전해지는 곳이다.

　처음에는 차들이 모두 비상등을 깜빡거리며 서행하고 있어서 무슨 사고가 났나 싶었다. 나는 추월선으로 지나치지 않고 느리게 가는 차량 행렬 뒤에 붙었다. 빗속에 참혹한 자동차 사고 장면을 맞닥뜨리고 싶지 않기 때문이었다.

　가까이 가서 보니 행렬 맨 앞에 장례차가 있었다. 먼 장지를 향해 새벽에 길을 나선 사람들이었다. 나는 사고가 아니라는 것을 알고 나서도 속도를 높이지 않고 그들 뒤를 따라갔다. 비상등이 깜빡이는 자동차 행렬을 천천히 따라가면서 그동안 잊고 있던 불안감이 되살아났다.

　잠든 아기를 살며시 떼어놓고 옆방으로 건너가 남편이 깊은 잠에 빠져 있는 것까지 확인하고 나왔다. 그런데도 천둥소리와 폭우 소리

사이에 아기 울음소리가 끈덕지게 섞여 들렸다. 거친 숨결의 성난 남편 얼굴이 바짝 쫓아오는 듯했다. 금방이라도 남편의 우악스런 손길이 목덜미를 잡아챌 듯하여 자꾸 뒤를 돌아보았다. 자동차는 떨리는 내 손길에 불안이 전염된 듯 시동이 걸리면서 차체를 부르르 떨었다.

집에서 멀어질수록 심장 박동이 느려졌다. 외곽도로에서 한껏 높인 속도가 불안을 무디게 했다. 사람들이 깊이 잠들어 있을 때, 도로에 있는 신호등의 빨간불, 초록불도 잠을 잤다. 노란불이 혼자 점멸등으로 깜빡거리며 보초를 섰다.

밤새 쏟아지던 폭우는 날이 밝으면서 가는 빗방울로 바뀌었다. 안개비에 젖은 오월의 나뭇잎이 흰 망사를 쓴 듯 신비스럽게 보인다. 고급 세단 한 대 없이 낡고 올망졸망한 중소형 차들의 행렬이 정겨웠다. 이른 새벽길에 많은 친지들이 뒤따르는 것을 보니 고인은 살아생전 돈과 권력 대신 인심이 넉넉한 곳에서 살았던 것 같다.

나도 이번 결혼에서는 남들처럼 초록 신호에 달리다가 빨간 신호 앞에선 멈춰서며 살려고 했다. 그러나 또 욕망의 폭주 앞에서 신호를 지키지 못했다. 파국을 막아보려 애쓰느라 카드빚만 더 빨리 늘렸다. 이럴 줄 알았으면 이번에는 아이를 낳지 않는 건데…. 재혼인 남편은 아이를 낳기 전까지 나에게 통장과 도장을 맡기지 않았다.

깜빡깜빡 내 인생, 얼마나 더 쫓겨야 하나? 장례차 안에 편안하게 누워 있는 사람이 부럽기까지 하다. 나는 며느리고개 터널을 빠져나온 뒤 액셀을 밟았다. 언젠가 모든 것이 끝나겠지만 지금은 달려야 한다.

최옥정

- 아무도 모른다
- 꽃과 기차와 소년
- 무릎에는 내가 걸어온 길의 지도가 그려져 있다

길은 화살표다.
어딘가를 가리키며 그리 가라고 종용한다.
내가 흠모해 마지않던 길은 아무 길도 제시하지 않는 길이었다.
'너는 이쪽으로 가야 해.'라고 말하지 않는 길.
어떤 길도 가고 싶지 않았다.
너무 애쓰며 살지 않는 삶을 꿈꾸었다.
하지만 인생이란 얼마나 자주 우리의 뒤통수를 치는가.
말도 안 되는 이 꿈은 나로 하여금 인생을 반추하며 살게 했고,
그리하여 나는 작가가 되었다.
작가는 꿈이 실현되지 않기를 바라는 유일한 족속 아닐까.
인생 전체를 꿈으로 채우려는 자의 가련한 책략이다.

2001년 《한국소설》에 〈기억의 집〉으로 신인상을 받으며 등단. 소설집으로 《식물의 내부》《스물다섯 개의 포옹》《위험중독자들》이 있으며 장편소설로 〈안녕, 추파춥스 키드〉, 포토에세이 《On the road》가 있다.

아무도 모른다

"여기가 ○○인가요?"

"아니여. 저쪽으로 가봐."

"지금 저쪽에서 오는 길이에요. 거기선 이리로 가라고 하던데요."

"아니라니까 그러네. 누군지 몰라도 길을 잘못 가르쳐준 거여."

똑같은 일이 벌써 세 번째다.

나는 길에 주저앉아 담배를 꺼냈다. 노인은 자기도 하나 달라고 했다. 담배연기는 방금 전 노인이 가리킨 길 위로 흘러갔다.

담배 한 대를 다 피웠을 즈음 노인이 물었다.

"그런데 거긴 왜 가려고 그랴?"

"가려는 건 아니고 거기가 어딘지 알려고 그럽니다."

"알아서 뭐하려고?"

"그냥 알고 있으려구요."

"그것도 좋지. 자네가 그리로 가지 않을 거라는 걸 나도 알고만 있으려고 했어."

꽃과 기차와 소년

그가 세상에서 사랑하는 것은 두 가지뿐이다.

술과 여자.

그는 입만 열면 그 사실을 떠벌렸다. 하루도 함께 하지 않으면 못 견디는 대상을 우리는 사랑이라고 부른다. 그는 하루도 빠지지 않고 술을 마셨고 잠시도 여자와 떨어져 있지 않았다. 자신이 사랑하는 것에 충실한 삶을 성공이라고 부른다면 그는 성공한 사람이다.

지금 그는 그 두 가지를 다 잃었다. 더 이상 그의 간과 위장은 술을 받아들일 수 없고 병든 육체를 사랑하는 여자는 이제 그의 주위에 남아 있지 않다. 언젠가 그날이 올 줄은 알았지만 이렇게 빨리 올 줄은 몰랐기 때문에 그는 억울해 했다. 몸을 보살피지 않은 과거에 대해선 까맣게 잊은 듯했다. 나쁜 일은 언제나 예정보다 빨리 오게 마련이다.

사람들은 그가 곧 무너질 거라고 수군거렸다. 추레하고 비참하고 외롭고 한심한 노년을 맞을 거라고 점치듯 예언했다. 하늘은 응징할 자를 응징하는 일에 있어서만은 게으르지 않다며 험한 일 많이 겪은 사람일수록 혀를 세게 찼다.

"그러길래 작작 마셨어야지."

"그러니까 한 여자한테만 매달렸어야지."

"싸다 싸. 이럴 때 보면 하늘이 무심치 않다니까."

그에게 쏟아지는 조롱 섞인 걱정에 대한 그의 대답은 항상 똑같았다.

"그딴 건 아무것도 아냐. 인생은 그런 게 아니라니까."

그럼 대체 인생이 무엇이냐고 물으면 그는 말없이 웃기만 했다. 사랑하는 걸 그리 톡톡히 누리던 그가 그것을 잃었으니 그의 허풍도 곧 바닥날 거라며 사람들은 기대에 찬 얼굴로 기다렸다.

모두의 예상은 빗나갔다. 그는 끄떡없었다. 그는 이내 다른 것을 사랑하는 사람이 되었다. 꽃과 기차. 한 가지를 깊이 사랑했던 사람은 다른 사랑의 대상을 찾는 재능 또한 금방 키워진다는 걸 증명하듯이. 그는 꽃씨를 사다 심었고 새로운 꽃나무를 찾아 방방곡곡을 돌아다녔다. 그의 마당에는 온갖 종류의 꽃들이 만발했다.

술 때문에 운전을 배우지 않았던 그는 버스와 기차와 전철을 발처럼 이용했다. 꽃을 찾으러 갈 때는 유독 기차 타는 걸 좋아했다. 기차를 타고 가면서 창밖의 들꽃을 마음 놓고 구경하고 싶어서였다. 이제 그에게 꽃은 술이며 여자였고, 젓가락 장단이었으며, 귀갓길을 비추는 가로등이었다.

사람들은 궁금해 한다. 그가 꽃과 기차 다음으로 무엇을 사랑할지. 농담을 좋아하는 친구들은 길 위의 여인 아니겠느냐며 낄낄댔다. 건강을 되찾은 그가 다시 술을 마시고 다시 아름다운 여자를 찾아 전화번호를 뒤적이길 바라는 사람도 있었다. 이번에는 하루 걸러 한 번씩만 마시라고, 이번에는 제발 한 여자에게만 올인하라고 충고하리라 별렀다.

그는 술꾼답게 콧등과 얼굴이 빨갛게 물들었지만, 호색한답게 실실 잘 웃고 음담패설도 잘하지만, 그의 몸짓과 표정과 손짓에는 어쩔 수 없이 열렬히 사랑을 주고받았던 자의 온기와 빛이 서려 있다. 그는 행복한 사람인 것이다. 그는 다른 사람을 많이 행복하게 해주었던 사람인 것이다.

'당신은 참 좋은 사람입니다.' 그에게 그 말을 해준 여자가 있었던가. 다음 사랑은 아마도 꽃과 기차를 사랑하는 그에게 그 말을 해줄 사람일 거라고 그의 절친한 벗이 말했다. 그는 죽을 때까지 끄떡없이 무엇인가를 사랑할 사람이므로 여자에게 뺨을 맞거나 혹은 뺨을 때리더라도 충분히 좋은 사람 대접을 받아야 한다고 믿었다.

저기 그가 꽃을 사들고 기차역을 향해 걸어간다. 그의 이마와 꽃 위로 밝은 햇살이 내리쬐고 있다. 그가 웃는다.

최
옥
정

무릎에는 내가 걸어온 길의
지도가 그려져 있다

내 몸에서 가장 상처가 많은 곳

오늘 그 무릎을 꿇었다

최대한 깊이 제대로 꿇었다

무릎을 꿇으니 상처가 보이지 않는다

구준회

- 아파트 여로
- 다른 몸의 길
- 바람의 길

길 중에 제일 좋아하는 길이 해외여행 가는 길이다.
이 나이가 될 때까지 부지런히 다녔지만
세상 길의 0.1퍼센트도 못 가볼 것 같다.
그래서 상상의 길, 꿈꾸기 길, 아래 길, 옆 길, 남의 길도 기웃거린다.
오래됐다.
왔던 길보다 갈 길도 오싹하긴 마찬가지다.
이젠 눈 감고 가볼까.
길이 무서워 눈이 안 감긴다.

1997년 《순수문학》을 통해 시 등단. 시집으로 《우산 하나의 행복》 《사람 하나의 행복》이 있으며, 다수의 공저가 있다.

아파트 여로

다시 만날 수 없는 것이 많다. 특히 무형의 존재가 그러하고 변화의 존재가 그러하고 떠난 존재가 그러하다.

135개 동의 오 층짜리 아파트가 있었다. 그 산 중턱의 허리를 따라 한 시간을 넘게 걸어가도 거의 똑같이 생긴 아파트가 도열하듯 펼쳐지며 서울의 저지대를 내려다보고 있었다.

비탈진 그 산의 허리에 산굽이 따라 도로를 내고 도로의 아래 위로 무차별로 시멘트를 부어 지은 서민아파트 135채. 그곳 사람들은 새벽에 그 아파트를 나와 도시의 저지대로 내려가 일을 하고 저녁엔 산비탈을 꾸역꾸역 올라오곤 했다.

그곳의 한 칸에서 중고등학교 시절을 보냈다. 중학교 2학년 때 아버지가 쓰러지고 나서 생각이 많아진 아이로 변한 후 3학년 무렵부터 밤 열 시쯤이면 집을 나서서 그 아파트 길을 한없이 걸었다.

아파트 길을 걷노라면 저 아래 휘황히 빛나는 서울 시내의 불빛이 있는 곳을 하계라고 불렀고 이곳을 상계라고 명명했었다. 하계는 확실히 이곳과 달랐다. 차도 빌딩도 학교도 사람다운 사람도 모두 하계에 있는 듯했다.

그러나 그곳이 부럽지는 않았다. 그 당시 그보다 괴롭고 힘든 것은 왜 이렇게 태어나 이렇게 살며, 어떻게 죽을 것인가였다. 그 해답이 그 아파트 여로에 있는 듯 그 길을 걷고 또 걸었다. 내려다보이거나 올려다보이는 창문 안쪽 풍경들이 멀리서 꿈틀대는 생존의 색깔과 소리와 표정을 전해주었다.

여름에는 밤의 도로에 삶의 모습이 러닝셔츠와 반바지 차림으로 뒹굴었다. 그 옆을 지나며 싯다르타의 번뇌처럼 이승에 회의했다. 겨울엔 눈이 많았고 아파트의 겨울밤은 고요했다. 눈을 맞으며 하얗게 야위어가는 생각들을 연결하고 꿰매며 사춘기의 삶 찾기는 계속됐고 상념만큼의 눈송이가 얼굴을 때렸다. 그 중 괜찮은 놈을 모아 노트에 옮기며 손가락에 입김을 불었다.

어느 겨울엔 교회 상급생 누나가 동참해 짬만 나면 무작정 걸었던 적도 있었다. 답 없는 수많은 질문과 침묵과 바라봄이 아파트 여로의 길 구비마다 내렸었고 아파트의 회색 벽마다 때렸었다. 상념의 티끌들이 몇 권의 노트와 일기장을 메웠다. 동서양의 철학, 시인의 이름이 간간이 껴 있었다. 그들도 답을 주지는 못했고 그들 이후의 생각이 발견되지 않고 있었다.

날마다 창문은 TV 화면처럼 흘러갔다. 저녁을 먹고 있는 창, 공부를 하고 있는 창, 그림을 그리고 있는 창, 목욕을 하고 있는 창, 가족끼리 웃고 있는 창, 춤추고 있는 창, 싸우고 있는 창, 아이를 때리고 있는 창, 울고 있는 창, 환자가 누워 있는 창, 캄캄하게 닫힌 창, 각각의 화면이 눈물에 가려져 흐려지더니 흑백의 사진으로 멈추었다가 이어지며 하얗게 부서져 갔다. 그 사이로 상계를 향한 눈송이는 암흑의 하늘을 뚫고 내려와 가로등 언저리에서 잠시 펄럭이다 발치에 내려앉곤 했다.

근원도 모르는 회의는 밤하늘 같았고 설핏 보일 것만 같던 답은 힘없이 시간의 길에서 소멸하곤 했다. 발길은 삼 년 동안 이어졌지만 삼 년만큼의 시체만이 아파트 여로에 박혀질 뿐이었다.

그렇게 그곳을 떠나 하계에서 수십 년을 보내며 처음엔 그때 깨달은 몇 가지 의지를 갖고 살아보다가 어느 순간부터는 그마저도 꺾고 지내게 되었다. 다들 그런 거라며 현실의 먹을거리와 자잘한 환락, 조막만한 지위와 권위를 유지하기에 급급하며 동분서주했다. 약육강식의 수레바퀴에 끼어 쳇바퀴를 돌리며 나이를 더해갔을 뿐이었다. 창밖에서 창 안을 바라보던 때와 달리 창 안의 당사자가 되어 모습을 연출하는 일은 연출자 마음대로 되지 않는 현실이 이생의 삶이었다.

그렇게 살다가 한동안 잊고 있었던 아파트 여로를 다시 찾아갔다. 산은 숲으로 울창했으며 아파트는 모두 없어졌고 도심을 지키는 녹지공원으로 변해 있었다.

숲을 헤치고 올라가 보니 아파트 여로는 공원 산책로로 보수되어

한적한 숲 속에 숨어 있었다. 비바람과 세월이 시멘트를 간간이 무너뜨렸지만 그 결결히 배어 있는 옛 발길의 숨결은 때마침 부는 산들바람 결이 들려주고 있었다. 그 길에 서서 눈을 감았다.

다시 만날 수 있는 것이 많다. 특히 무형의 존재가 그러하고 변화의 존재가 그러하고 떠난 존재가 그러하다.

구준회

다른 몸의 길

　매일 출근하는 학교에 언제부터인가 그만이 늘 앉는 자리가 생겼다. 교사의 출근이란 일반 직장인보다 이른 편이라 그 시간 학교 안 숲엔 밤의 흔적이 완전히 떠나지 않은 채 머물러 있었다. 그리고 밤새 몰려왔던 안개가 떠난 자리로 정적이 밀려오고 있었다.

　미처 빠져나가지 못한 실안개와 이슬에 축축이 젖어 숲은 요기를 띠고 있다. 그 고요가 나무 이곳저곳 잎사귀 안팎을 돌며 밤과 낮의 떠남과 도착을 점검하고 있는 듯 긴장이 감돈다. 숲이 얼굴을 바꾸는 일이 진행되고 있는 거다.

　그러면 그는 그의 자리에 앉아 나무 사이로 먼 산을 바라본다. 남산. 서울의 가운데 굴기해 있는 생각덩이. 밤새 무슨 생각에 잠을 설쳤는지 이제야 이불 같은 구름을 막 벗겨 내고 있다.

　잠시 후 새 한 마리가 이 가지 저 가지를 오가며 울기 시작한다. 어디서 잤는지 알 수 없지만 잃어버린 누군가를 찾는 듯 가지를 구르며 우는 모습이 다급하게 들린다. 아무도 화답을 하지 않자 더 바빠진다. '오래 외로우면 소리가 난다.' 새도 사람도 마찬가지인가 보다.

어디선가 화답을 하는 듯한 새 울음이 들리고 한 마리 두 마리 곧 이어 여러 쌍의 지저귐으로 조금씩 숲의 고요가 깨진다. 숲과 나무는 새벽 새로 인해 정적인 공간에서 동적인 활기찬 공간으로 변신하며 하루의 나래가 펼쳐진다.

그들이 좋아하는 곳은 잎사귀가 우거진 등나무 지붕 위이다. 그곳 에는 새둥지 하나가 남아 있다. 올해 여름, 알을 부화하고 곧 떠나버렸 지만, 새 한 쌍이 둥지를 짓기 시작할 때부터 지켜볼 수 있었다. 어우 러진 등나무 잎들 사이에 은밀히 둥지를 지어나갔다. 나뭇가지로 얼기 설기 외곽 골조를 만들고 마른 풀로 안과 바닥을 다져나갔다.

그리고 며칠 후부터 한 마리 새가 하루 종일 부동의 자세로 앉아 있기 시작했다. 호기심이 발동해 등나무 아래 나무 벤치를 밟고 올라 서서 찾아보던 그때, 새의 눈과 맞닥뜨렸다.

불과 한 자 거리도 안 된다. 완벽한 원형의 동그란 눈, 그 눈이 그 의 눈을 똑바로 바라본다. 일순 당혹해진다. 당연히 도망을 가야 할 거리인데 도망가지 않고 앉아 있는 것이 도리어 그를 서늘 했다.

새의 몸통 아래 하얀 것이 보였다. 알이었다. 알을 부화시키기 위 해 체온으로 감싸고 앉아 있는 것이었다. 새는 자신이 희생 당할 수 도 있는 범위에 사람이 가까이 다가와도 동그랗게 바라보고 있기만 할 뿐이었다.

그는 그 눈을 잊을 수가 없었다. 수업을 하다가도 등나무 쪽을 보 면, 앉아서 동그란 눈을 깜빡이던 새가 생각났다. 언제나 조심성이 많고 나약하고 겁 많게 보이던 새가 어떻게 그런 모습을 보일 수 있을까. 그런 눈빛을 발할 수 있을까. 어떻게 저렇게 며칠째 꼼짝 않고 있는 걸까.

그는 가끔 그 새를 보러갔다. 처음처럼 가까이 가지 않고 아래에서 올려다보다가 오곤 했다. 새는 언제나 미동도 하지 않고 동그랗게 눈을 뜨고 그에게서 시선을 떼지 않았다.

가끔 또 한 마리의 새가 그 둥지를 들락거리는 걸 본 적이 있는데 그 새는 어디선가 나타나 옆 나무 가지 위에서 잠시 바라보다 날아가곤 했다.

그러던 어느 날 가보니 새끼가 두 마리 있었다. 알 두 개를 품었던 것이다. 젖은 듯한 갈색 털에 못난이 얼굴을 하고 끝없이 주둥이를 하늘로 치키며 구구대고 있었다. 엄마 새는 새끼들을 품속으로 끌어들이고 빠져나오면 끌어들이는 일을 반복하고 있었다. 그리고 또 한 마리 새가 둥지로 파고들어, 잡아 온 먹이를 새끼에게 주곤 날아가는 것도 보였다.

그런데 며칠 후부터 가끔 어미 새는 보이지 않고 새끼 새들만 둥지를 지키고 있었다. 어미 새가 없어서인지 소리도 지르지 않고 숨은 듯 조용히 있었다. 새끼들도 동그란 눈으로 그를 바라볼 뿐이었다. 그 바라보는 눈 속에 모든 것을 다 담고 있는 듯했다. 티 없는 눈동자에는 호기심과 경계심과 기도가 들어 있는 듯 보였다.

그는 그들이 비상의 꿈과 희망과 설렘으로 하루의 아침과 나날을 맞이하기 바라며 그곳을 찾곤 했다. 그렇게 여름이 가고 어린 새들이 자라는 모습을 가끔씩 들러 바라보는 재미에 더위도 식어갔다. 그 둥지가 보이는 그의 자리에 그는 언제나 앉아 그들이 꼬물락거리는 것을 바라보았다.

그러던 어느 날 가보니 둥지가 텅 비어 있었다. 가슴에 구멍이 난 듯 충격이 컸다. '언제나'가 아니라, 가버릴 수도 있구나, 사라질 수도 있구나. 그의 자리에 앉아 그곳을 바라보니 정원 전체가 빈 듯이 허해 보였다.

그렇게 가을이 왔다. 교정엔 단풍이 빨갛고 노랗게 제 빛을 뽐내며 만개하다가 지고 있었다. 어느 날 본관 수업을 끝내고 별관 교무실로 오던 중 단풍나무 위에서 새소리가 요란스레 서로 화답하며 부르고 쫓는 소리를 들었다. 순간 '그 애들일지 몰라.'라는 생각이 들어 재빨리 찾아보았다.

새들은 이 가지 저 가지를 깡충거리고 뛰어다니며 부산하게 소리를 주고받고 있을 뿐 그를 쳐다보는 놈은 없었다. 그도 알아볼 수 없었다. 그가 그 새들에 대해 아는 것은 눈동자뿐이었다. 눈동자 외에는 아무것도 알지 못한다는 사실이, 그래서 스쳐 지나도 영원히 만날 수 없다는 깨달음이 밀려온 순간 허탈했다. 겨우 고것밖에 아는 것이 없는 사이였구나.

수능을 며칠 앞둔 고3 학생들의 수업은 마지막 정리를 하는 자습

구준회

시간으로 이어지고 있었다. 그 고요함 속에는 창밖에서 지고 있는 단풍잎 때문에 씁쓸함이 배어 들곤 했다.

조금 있으면 플래시 섬광 속에 떠날 아이들. 그가 교탁에 서서 학생들을 보면 눈동자가 마주친다. 그는 눈동자, 이 아이들의 눈동자 외에 아이들 하나하나에 대해 아는 것이 아무것도 없다는 생각이 문득 들었다. 닿을 수 없는 다른 몸의 삶이 생의 끝 순간까지 이어질 뿐이라는 것이 그를 아프게 했다.

바람의 길

대학 캠퍼스 잔디밭엔 풀빛이 싱그럽고 삼삼오오 남녀 학생들이 탱탱한 엉덩이로 풀들을 짓누르며 낭만을 입맞춤하고 있더군. 아, 지겨운 젊음과 낭만이란 놈을 말이야. 하, 왜 그렇게 시니컬하게 얘기하냐고? 젊어도 대학가의 낭만을 누릴 수가 있을 때 젊음이 젊음답지, 졸업 때까지 견디며 허덕여야 하는 젊음은 차라리 짐이지. 그렇게밖에 못 지냈냐고? 그래, 칠십 년대 우리 또래 대학생의 상당수는 학비를 벌어 고학하다시피 했지. 잔디 깔아뭉갤 시간 있는 학생들은 하늘의 각별한 복을 타고난 특별한 분들이 아니었겠어? 나야 사방 어딜 봐도 한 치 앞이 보이지 않던, 희망도 모르고 하루하루 견뎌 나가야 했던 회색 안개 그 자체였어. 찬찬히 얘기할게.

대학 때 점심시간이 되면 갈등을 해야 했어. 주머니를 조몰락거리면 동전의 크기와 개수, 그리고 액수가 뇌에 입력되는 거야. 둘 중 한 가지만 할 수 있다. 이백오십 원 하는 라면을 먹어 뱃속을 행복하게 할 것인가 이백오십 원짜리 삼중당문고 책을 한 권 사서 마음의 양식

구준회

으로 대체할 것인가. 'To be or not to be, it's a question.'이지. 고독하게 그러나 과감하고 명쾌하게 서점 문을 밀 것이냐, 친구들과 낄낄거리며 자연스럽게 식당 문을 밀 것이냐.

결론은 백여 권의 문고를 지금도 소유하고 있다는 거지. 책꽂이에 꽂혀 있는 바랠 대로 바랜 문고를 아직도 버리지 못하는 것은 아마 그것이 삼양라면 한 끼씩이 꽂혀 있는 것으로 보이기 때문일지 몰라. 한 권만큼의 배고픔이, 한 권만큼의 속쓰림이 눈 치켜뜨고 꽂혀 있으니까 말이야. 배곯는 젊음이 싫었거든.

수업을 마친 후 우리 과 학생들은 7교시니 8교시니 하며 막걸리 집으로 자리를 옮겨 시와 소설과 인생을 논하곤 했지, 난 빼고 말이야. 난 어디 가냐고? 난 한 학기 등록금 은행 융자금을 다달이 갚아야 해서, 백묵 들고 가정교사 하러 이집 저집을 떠돌아야 했거든.

일을 마치고 밤 아홉 시쯤 되면 저녁도 못 먹은 상태라 탈진이 되지. 그때 주머니를 뒤져본 후 가는 곳이 시장통 순댓국집이었어. 소주 두 잔을 시키면 순댓국집 아줌마가 알아서 국물에 순대 두어 점 넣어 서비스를 주거든. 빈속이라 소주를 더 먹을 수도 없어.

'무엇이든 들어오기만 해봐라, 알알이 흡수해버릴 테니까.' 하며 처절히 기다린 빈속에 소주 한 잔이 들어가면 모든 게 초토화되는 거지. 배고픔이 마취되는 거야. 그리곤 취한 소리로 막걸리에 삶의 고단함을 풀어내는 청소부 아저씨, 노점상 아저씨들 얘기를 귀동냥하며 아득히 시장통 젊은이가 돼버리는 거야. 소설이나 시의 소재를 찾아본다는 생각도 있었지만 들어보면 들어볼수록 살기가 만만치 않고 세상은 회색이란 생각만 들었지.

그래, 나도 연애라는 걸 해봤어.

여자에겐 숙맥이어서 만남을 가져도 무슨 말을 해야 하는지도 몰랐어. 하려던 말도 막상 만나면 머릿속이 하얘져서 초조히 성냥개비만 부러뜨렸던 것 같아. 지금 나이만큼 편하게 얘기를 할 수 있었다면 얼마나 좋았겠어.

그래도 학교 축제가 열리는 가을이 되면 파트너를 구한다고 미팅이라는 걸 하고 어색한 약속을 해 축제에 참여하곤 했어. 저학년 땐 준비 없이 축제에 혼자 참여했다가 소외감을 느껴선지 고학년 때는 그랬던 거 같아.

문제는 그놈의 돈이야. 젊음과 시간과 기회는 남아나는데 그놈의 돈은 아무리 둘러봐도 없는 거야. 그러니 당연히 인품과 말품과 발품밖에 팔 게 없게 돼. 인품이 부족하니 말품이 변변찮아 대화가 낭만적이질 못하지. 신경은 주머니에 가 있으니 마음의 여유가 발동될 리 없잖아. 그나마 쓸 만한 건 튼튼한 두 다리밖에 없어. 그냥 파트너를 끌고 걷는 거지. '보건 데이트'라는 거야. 참 많이 걸었네.

한번은 겨울에 학교 근처에서 만난 거야. 라면으로 저녁을 우아하게 먹은 것까지는 환상이었어. 만난 지 얼마 안 돼서 서먹한 처지였지. 라면집을 나온 뒤 황량한 대지에 팽개쳐진 거야. 주머닌 깨끗했

구준회

고 궁리를 해보아도 방법이 바닥이야. 걷다 보니 어느덧 한강대교에 다다르더군. 겨울에 한강대교를 걸어본 적 있어? 바람, 바람의 철로, 역경이지.

싫다는 말을 안 하기에 그냥 발길을 내딛었지. 그나마 바람이 초입에서는 별로 불지 않았거든. 그런데 중간까지 나아가니 점점 장난이 아니야. 세찬 바람이 얼굴을 때리는데 돌아갈 수도 그냥 갈 수도 없는 진퇴양난이더군. 무식하면 용감해진다고, 무식한데 용감하면 천하무적이라고, 스스로 다짐하며 용감하게 그 교량을 다 건넜지. 몇 킬로미터인지 모르겠는데 한 시간은 걸린 것 같아. 건너자마자 버스 타고 각각 헤어졌지.

그리고 일주일이 지났어. 소식이 없기에 내가 전화를 했더니 '이젠 그만' 만나야 되겠다는 거야. 이유를 듣고 나서, 난 아무 소리도 못하고 전화를 끊었어.

그날 한강대교를 건넌 후 겨울바람에 얼굴이 언데다 바람에 타버려서 닷새나 밖에 못나가고 피부과에 다녔다네. 유구무언, 할 말이 없더군. 바람에도 탄다는 거 그때 첨 알았거든. 그 한강, 회색 바람이 불던 한강, 인연마다 재를 뿌리던 한강의 회색을 오랫동안 저주했지.

유경숙

- 보물서점
- 매파시대
- 길 잃은 팜티루엔

찰흙 판에 새겨진 '길가메시'가
니느웨궁전에서 삼천 년 동안 잠을 자다 깨어나
고대도시 엘레크를 건져냈듯이
도시는 문학을 생산했고 문학은 도시를 살려냈다.
사천팔백 년 동안 잠들어 있던 수메르인들을 길가메시가 불러냈듯이,
문학은 늙어야 힘을 갖는가보다.
불사를 찾아 떠난 길가메시처럼
작가는 늘 새로운 길을 찾아 떠나는 유목민이다.
이번 '길' 세 편은 우리 동네에서 찾았다.

2001년 《농민신문》 신춘문예 단편소설 〈적화摘花〉로 등단. 소설집으로 《청어 남자》가 있다.

보물서점

　'건달사공'의 모임이 있는 날이다. 오늘도 그들은 겸재미술관에 모여 옛 그림과 역사를 공부했다. 공부해서 자격증을 따거나 논문을 써낼 것도 아니고 가르칠 것도 아닌 만큼, 즐기는 차원으로 설렁설렁하자며 만든 모임이었다. 그런데 평생 하던 버릇 남 줄 수 있겠나? 그들은 아직도 관성에 끌려 무언가 열심히 읽지 않으면 견딜 수 없는 문자중독자들이었다. 대부분 돋보기를 썼거나, 안경을 벗었다 썼다 하기를 반복하면서도 두꺼운 텍스트를 다 읽어냈다. 사실은 왕년에 한가락 했던 먹물이거나, 현역에서 밀려난 '은발의 청춘들'이 주요 멤버였다. 철저하게 비생산적인 공부를 하자는 취지로 동아리 이름도 '건달사공'이라고 붙였다. 하지만 Y는 좀 달랐다. 그는 아직 젊은 축에 들었고 써야 할 것들이 많은 소설가였다. 그래서 고수들의 기상천외한 체험담이나 비화秘話를 한 꼭지라도 주워들을까 해서 이 모임에 슬쩍 끼어들었다.

　오전에 조선시대 의궤儀軌에 대해 공부한 그들은 미술관 아랫동네에서 점심을 했다. 골목 깊숙이 자리한 음식점은 점심시간을 훨씬 넘겼는데도 머리카락이 희끗희끗한 중늙은이들이 꼬여 있었다. 내놓고 장사할 수 있는 음식이 아닌 탓에 골목 안쪽에 자리했어도 알음알음 손님이 찾아오는 곳이었다. 허름한 단독주택을 개조해서 낸 식당인데 삼복더위엔 길게 줄을 설 정도로 장사가 되는 집이었다. 그들도 땀방울을 뚝뚝 떨어뜨리며 탕 한 그릇씩을 해치웠다. 그리고 박하사탕 하나씩을 입에 물고 그 특유의 누린내를 날리며 골목을 빠져나왔다.

그들 중 몇몇은 이 골목에 오면 꼭 헌책방엘 들르는 버릇이 있다. 골목으로 접어드는 입구에 대로변을 끼고 '충남서점'이 있었다. 일 층은 신간과 참고서, 학습지 등을 파는 '새책방'이고, 이 층은 재고와 중고서적을 파는 '헌책방'이었다. 일 층에선 그 집 안주인이 딱 붙어서 야무지게 장사를 했고 이 층은 그 집 바깥주인 소관이었다. 이 층은 찾는 손님이 있을 때만 열쇠를 들고 올라가 문을 열어주는 창고식 가게였다. 남자는 수시로 자리를 비웠다. 어느 때는, 헌책 수집을 나간 남자를 기다리느라 시간 반을 기다린 적도 있었다. 오늘도 삼십 분 이상을 기다렸고, 남자는 전화를 받고 달려왔다.

여기저기 쌓아놓은 헌책 무더기를 헤치고 물건을 찾아내는 재미가 쏠쏠했다. 눈이 밝으면 보물을 발견할 수도 있다. 지난번에도 이십오 년 전에 절판된 김지하의 《애린》이란 시집 초판본을 찾아냈다. 웬

만한 책은 반값이었고 그 이하로도 판매되었다. 그러나 냉난방 시설이 안 된 탓에 삼십 분도 버틸 수가 없었고, 오래된 책에서 풍기는 곰팡내와 냉기로 재채기가 연신 터져 나왔다. 그날 Y가 골라 든 몇 권의 책은 새것이나 다름없었다. 더구나 출간된 지 이 년도 안 되는 소설도 끼어 있었다. 작년 봄, 한 신문기자가 증발했다는 소문이 나돌았다. 그는 사회부와 문화부를 거치면서 혜안이 깊고 펜 끝이 날카롭기로 이름난 대기자였다. 그런 그가 잠적한 지 삼 개월 만에 장편소설 한 편을 뚝딱 써들고 나타났는데 바로 그가 낸 책이었다. 더구나 지은이가 어느 신부님께 직접 인사말과 함께 사인까지 해서 보낸 책이었다.

그날도 Y는 점심을 신세진 K 선생에게 《세상의 모든 희망》이란 에세이집 한 권을 찾아내 선물했다. 마침 아는 이가 쓴 책이기도 해서. 그랬더니 K 선생 왈 '선물은 주고받는 것'이라며, Y가 고른 몇 권의 책값을 얼른 계산하였다.

집에 돌아온 Y는 책이 든 봉지를 책상 밑에 던져두고 마감이 급한 월간지 원고부터 해결했다. 그리고 사흘이 지난 후에야 헌책 보따리를 풀어보게 되었다. 《매혹》이란 소설책을 먼저 손에 들었다. 먹빛 바탕에 유건을 쓴 중년 모습이 희미하게 숨겨진 표지 그림에서 중후한 멋이 배어났다. Y는 첫 장을 넘기면서 중얼거렸다. '아무리 그래도 그렇지, 저자가 사인까지 해서 보낸 책을 헌책방에 넘긴 신부님이라니. 이렇게 정중하게 쓴 인사말은 어쩌라고!…' Y가 '작가의 말'을 읽고 나서 다음 장을 넘겨 목차 페이지를 펼치는 순간이었다. '으악! 도대체 이게 뭐야? 그런데, 왜 이게 여기 들어 있어?' 빳빳한 놈 석 장이 알몸으로 끼어 있었다. 그것도 공이 여섯 개씩이나 붙은 수표가. Y는 갑자기 얼음물에 빠진 것처럼 오싹 소름이 끼쳤다. K 선생에게 먼저 전화를 드려야 할까? 아니면 중고서점에 돌려줘야 하나? 아님, 신부님?… 심장이 콩닥콩닥 뛰며, 갈피를 잡을 수 없었다.

사건이 있은 지 열흘이 지났건만, Y는 K 선생에게 가는 길도 헌책방으로 가는 골목길도 잃고 말았다.

215

유경숙

매파시대
— 증미산 사람들 2

맹렬한 눈발이었다. 백 년 만의 최대 기록이라고 했던가! 임진년 벽두부터 북서풍과 함께 몰려온 폭설은 이제 한반도뿐만 아니라 섬들까지도 삼켜버렸다. 길과 길의 경계를 무너뜨렸고 도시 간의 구획선도 모두 덮어버렸다. 하늘길까지 막혀 활주로의 비행기들도 눈 속에 잠잠했다. 이처럼 전국이 한파와 눈사태로 갇혀 있을 때 오직 '세종시'라는 미래도시만 불안한 항해를 계속했다. 전운이 감돌 듯 수상쩍은 기류가 정초부터 서쪽으로 빠르게 몰려갔다. 맹렬 매파들의 입김에 따라 '행복 도시'란 수식어가 곤두박질쳤다 선회하기를 반복했다.

세상이야 어찌됐든 증미산 아래 사는 유 씨는 날짐승들이 걱정되어 길을 나섰다. 정강이까지 푹푹 빠지는 눈길을 뚫고 증미산 서쪽자락에 도착했다. 그는 자기가 첫발자국을 내는 사람일 것이라고 생각했는데 벌써 누군가 올라간 흔적이 있었다. 보폭의 넓이로 보아 키가 큰 인간은 아닌 듯싶었다. 배드민턴장 옆 울타리에서 박새들이 화살나무 사이를 포르릉 포르릉 날아다니며 먹이를 찾았다. 유 씨는 주머니 속의 좁쌀을 만지작거렸지만 그냥 지나쳤다. 참새나 박새보다 기민하지 못한 곤줄박이나 딱따구리가 더 걱정되어 정상을 향해 오르고 있었다. 가벼운 운동화 차림으로 나온 유 씨는 이미 신발과 바짓가랑이가 엉망이 되어버렸다. 길이 산이고 산이 길인 듯 경계가 없어진 세상은 결코 만만치 않았다. 발짝을 뗄 때마다 나무 몸통을 껴안고 겨우겨우 한 걸음씩 올라서는 형편이었다. 연비어약정鳶飛魚躍亭 부근 산새들이 많이 모이는 곳에 먹이를 뿌려줄 셈이었다. 이 폭설을 뚫고 운동하러 올 사람은 없을 테니까. 윗몸일으키기 목판기구 위에 신문지를 깔고 놓아주면 될까, 하고 마땅한 장소를 찾던 중이었다. 한데 철봉 아래에 맷방석 크기만 한 맨땅이 보였다. 벌써 누군가 싸리비로 쓸고 흙바닥에 옥수수 낱알을 뿌려놓고 갔다. '참 대단한 인간이군! 경의를 표해야 할 만큼…' 유 씨는 혼잣말로 중얼거렸다. 쩨쩨하게 신문지 따위나 깔고 뿌려줄 생각을 했던 자신이 부끄러웠다.

잠시 멈췄던 눈발이 또 퍼붓기 시작했다. 아기주먹보다 큰 눈송이들이 어지럽게 날렸다. 함박눈 사이로 유 씨의 눈길을 끈 것은 허리돌리기 기구 옆에 있는 굴참나무였다. 수많은 사람들이 날마다 그의 몸통에 대고 등짝을 자근자근 찧거나 배를 쳐서 수피가 허옇게 말랐는데 오늘은 물기를 머금어 검게 빛났다. 그 허리쯤에 명함 하나가 꽂혀 있었다. 방금 꽂아놓은 듯 아직 눈에 젖지 않았고 종이 질감도 뽀송뽀송했다. '옳거니! 경의를 표해야 할 인간이 누구신지 알아낼 수

유경숙

있겠군.' 유 씨는 얼른 명함을 뽑았다. 그런데 칼라 인쇄의 제목부터가 좀 수상쩍었다. '국제결혼 총비용 오백만원' '미인들만 엄선한 업체! 베트남 캄보디아 몽골 필리핀 네팔 보증보험 가입 등록업체…' 유 씨는 명함을 구겨 주머니에 넣으며 '갸륵한 앙헬! 여러 가지 등등 좋은 일 많이 하시는 분이군!' 하며 씁쓸히 웃었다. 이 폭설 속에 산새를 걱정하여 먹이를 뿌려주고 간 인간이 과연 이 명함을 뿌린 사람일까? 분명히 발자국은 한 사람 것이었고 명함 또한 방금 뿌린 흔적이 었는데… 유 씨는 화원이 있는 남쪽으로 내려간 발자국을 좇으며 추리적 상상에 빠졌다. 그렇지! 예로부터 끊임없이 이어져온 전통 직업 중의 하나인 매파媒婆, 그리고 '행복 도시'를 기꺼이 사수하고자 하는 매파派는 장음과 단음의 차이뿐인데… 어딜 가나 매파들이 판치는 세상이로군!

눈발은 점점 더 맹렬히 퍼부었고, 유 씨는 길 없는 산속을 헤매고 있었다.

길 잃은 팜티루엔
– 증미산 사람들 3

　그녀는 섬이었다, 도심 속에 떠 있는 섬.

　여자가 꽃나무 속에 있었다. 발그레한 뺨을 개복숭아나무에 대고 킁킁 냄새를 맡고 있었다. 복사꽃은 냄새가 없는 꽃인데… 그래, 좀 이상했다. 올봄은 워낙 늦게 찾아온 편이긴 하지만 그래도 사월 하순인데, 긴 패딩코트 차림이라니? 지나가던 유 씨가 걸음을 멈추고 그녀를 말끄러미 바라보았다. "그 꽃 이름 알아요?" 하고 말을 걸었으나 여자는 빙그레 웃기만 할 뿐 대답이 없었다. 꽃잎 하나를 따서 손에 들고 다소곳이 길을 비켜섰다.

　증미산 남쪽엔 봄 내내 꽃이 피는 농원이 있다. 유실수와 관상수 외래종자 등 다양한 수종들이 어우러져 도심 속에 꽃대궐을 이뤘다. 매화를 선두로 해서 앵두와 살구꽃이 피고 산당화와 자두나무가 질세라 앞다투어 꽃망울을 터트렸다. 배꽃은 한참을 뜸 들이다 도도하게 입술을 열었고 그사이 개복숭아꽃이 골짝을 환하게 밝혔다. 어제까지만 해도 봉오리로 남아 있던 아그배꽃이 낯선 손님처럼 청초하게

유경숙

피어 있었다. 늘 해질녘에 산책을 나오는 유 씨는 이즈음엔 카메라를 들고 다니며 꽃일기를 썼다. 박태기나무가 있는 농원 끝자락까지 갔다가 다시 돌아 나오는데 아직도 그 자리에서 그녀가 우두커니 서 있었다. 무언가 말을 할 듯 말 듯 주뼛거리며…. 그러고 보니, 작은 몸집에 얼굴이 좀 낯설다는 느낌이 들었다. 유 씨가 얼른 그녀를 향해 빙긋 웃어주었다. 그녀도 따라 웃으며 "베트남" 했다.

"이 꽃 이름 뭔지 알아요?"라고 유 씨가 다시 말을 붙이자, "몰라요, 나, 몰라요." 하고 그녀가 짧은 말로 대답했다. 유 씨는 빨리 산 한 바퀴를 돌고 저녁 찬거리를 사러 갈 참에 걸음을 재촉했다. 그런데 질딱! 질딱! 누군가 신발을 끌며 따라오는 느낌이 들었다. 유 씨가 뒤돌아보니, 그녀였다. "왜요?" 물으니, "아파트, 몰라!" 하고 말이 뚝뚝 끊어졌다. 금방 눈물이 떨어질 것 같은 표정을 지으면서. 유 씨가 가던 길을 멈추고 그녀를 벤치에 앉혔다. 그리고 "한국에 언제 왔어요?" 하고 물었다. 그녀는 손가락 네 개를 펴 보였다. 그리고는 손가방에서 무언가를 꺼내 유 씨에게 보여주었다. 뜻밖에도 태아 초음파 사진이었다. "임신?" 하고 유 씨가 묻자, 이번에도 손가락 네 개를 다시 펴보였다. '넉 주째란 말인지? 넉 달이란 얘긴지?' 그녀가 가지고 있던 보건소 수첩에는 '팜티루엔'이란 이름이 적혀 있었다. 보건소에 정기검진을 다녀오다 뒷산에 올랐었고 방향감각을 잃어 길을 못 찾고 있던 중인 듯했다. "그런데, 왜 겨울 코트를 입었어요?" 하고 유 씨

220

가 코트를 가리키자, "추워요, 많이, 많이." 하며 진저리를 치듯 몸을
부르르 떨었다. 앳된 얼굴인데 입술이 갈라져 핏방울이 맺혀 있었다.
여자는 자꾸만 몸을 옹송그렸고 땅바닥에 침을 뱉었다.

　유 씨는 증미산 아래 자기 집으로 그녀를 데려갔다. 식빵을 굽고
유자차 한 잔을 끓여 내놓았다. 그녀는 유자차 한 모금을 맛보더니
옆으로 밀쳤다. 식빵만 손으로 조금씩 뜯어 먹었다. 이번엔 커피를
타줬다. 그것도 옆으로 밀쳤다. 유 씨는 자기가 첫 임신 했을 때를 떠
올렸다. "아하, 그래!" 하고 손뼉을 치더니 뒤 베란다로 나가 깡통 하
나를 들고 왔다. 깡통을 따서 예쁜 크리스털 그릇에 담아 그녀 앞에
내놓았다. 슬라이스 통조림 복숭아였다. 그녀는 한 조각을 건져 조심
스럽게 베물더니 이윽고 먹기 시작했다. 금세 한 그릇을 뚝딱 비웠다.
국물까지 다 마셔버렸다.

　"언니, 이거 뭐야요?" 하고 그녀가 물었다.

　"통조림 복숭아! 나도 입덧할 때 이것만 먹었지. 속에서 아무것도
받지 않는데 이 황도는 먹겠더라고."

　유 씨는 자기도 모르게 반말이 튀어나왔다. 그리고 메모지에 한글
과 영어로 '황도 통조림, Yellow Peaches'라고 써주며 "이마트에 가면
있어." 했더니, "이마트? 이마트 건너편, 살아요." 하며 활짝 웃었다.
유 씨는 그녀를 앞세우고 이마트가 있는 네거리까지 걸어갔다.

　"여기서는, 집 찾아갈 수 있겠지?"

221

유
경
숙

"네, 감사해요, 언니!" 하며 그녀는 씩씩하게 횡단보도를 건너갔다.

그 후로 그녀는 자주 유 씨 집 벨을 눌렀다. 외롭다고 왔고, 배가 아프다며 왔고, 베트남에서 해복구완 하러 온 친정어머니를 모시고 오기도 했다. 증미산 아래 유 씨 집을 그녀는 뻔질나게 드나들었다. 친구 한 사람 없이 도심의 섬으로 떠 있던 그녀에게 다리가 놓인 것이다, 건너오고 건너갈 수 있는 통로.

그리고 작년 십이월에 그녀는 복사꽃처럼 뺨이 발그레한 딸을 순산했다.

김정묘

- 취석醉石을 찾아서
- 세상 끝의 골목
- 오래된 어제

떠나는 사람에게 길은 없다.
길은 집으로 돌아오기 위해 태어났다.

1989년 《문학과 비평》을 통해 시 등단, 2001년 《한국소설》에 〈이구아나의 겨울〉로 소설 등단. 시집으로 《그리움은 약도 없다》 《태극무극》, 동화집으로 《엄마야 누나야 강변살자》, 산문집으로 《부처님 공부》 등이 있다.

취석醉石*을 찾아서

　카페 편지함을 열어보니 남 선생이 보낸 카페 공지가 와 있었다. 현역에서 물러난 은퇴자 모임이지만 나름 문화활동 한다는 자부심을 갖고 있는 지역 카페였다. 특이한 건 카페에 가입하면 각자 갖고 있던 모든 조건이 없어지고 나이, 성별, 빈부, 학력과 상관없이 누구나 '선생'으로 통한다는 것이다.

'내 천 년 후에 태어나 홀로 도연명을 찬탄하노라.
푸른 산에 집을 짓고서 술잔을 들어 천천히 술을 올리노라.'
– 정 선생이 퍼온 글에서
– 4월 향토기행 〈석실 김상헌 선생 묘, 취석비 탐방〉
– 찾아오시는 길 〈99번 마을버스 '석실 입구' 하차〉

　이 좋은 봄날에 무덤을 찾아가다니요? 임 선생, 무덤가에 봄이 제일 먼저 오고, 봄이 제일 많이 오는 걸 모르시는군요. 호호. 남 선생님은 말씀도 참 시적이셔요. 봄이 무슨 함박눈인가요? 많이 오게? 꽃이 펴도 별천지고 꽃이 져도 별천지 아닙니까? 무릉도원이 따로 없습니다. 제가 이미 답사를 마쳤습니다. 눈을 들면 복사꽃, 산벚꽃, 목련꽃이 하늘을 덮고, 마을을 에워싸다시피 핀 진달래, 개나리가 물감처럼 번져 있어 눈이 시리더군요. '나의 살던 고향, 꽃피는 산골'이 아니겠습니까. 무덤자리가 명당은 명당입디다.

하늘은 맑았고 나무는 빛나고 있었다. 나와 한 선생은 '석실 입구' 버스정류장에서 만나 걸어 들어오고, 남 선생과 일행 두 사람이 승용차를 타고 마을로 들어왔다. 정 선생은 보이지 않았다. 오늘도 또 늦게 나타날 모양이다.

'김상헌 선생 묘' 표지판을 따라 마을길로 접어들자 갑자기 눈이 커진 것처럼 넓고 양지바른 구릉이 드러났다. 구릉 위쪽으로 마을을 지켜주듯 묘들이 둘러앉아 있었다. 남 선생 말대로 별천지라는 느낌이 들었다.

우리는 마을 입구에 있는 김상헌 선생의 형인 김상용 선생 묘부터 둘러보기로 했다. 나는 앞서가는 일행들의 뒷모습을 사진기에 담으려고 뒤로 떨어져 걸었다. 모두들 약속이나 한 듯이 구부정한 등 뒤로 뒷짐을 지고 걸어가고 있었다. 묏자리를 보러 나온 늙은이들 같다는 생각이 들어 나는 셔터를 누르려다 그만두었다.

김 선생, 나는 요즘 말입니다. 무엇을 보든지 내가 이 풍경을 몇 번

225

김정묘

이나 더 볼 수 있을까, 이런 생각이 제일 먼저 들어요. 세월은 어쩔 수 없나봅니다. 그런데 뻐꾸기는 집을 못 짓는 겁니까? 안 짓는 겁니까? 어려운 얘기지요. 있다, 없다, 문제 아닐까요?

비석에 새겨진 글씨들은 마모가 심해서 거의 알아볼 수 없을 정도였다. 한 선생은 비문을 한 자 한 자 짚어가며 읽다가 어디론가 전화를 걸어 비문에 대해 물어보기도 했다. 남 선생은 무덤 앞에 있는 문인석에 기대어서서 한 선생이 나눠준 '석실서원' 자료를 읽고 있었고, 다른 몇몇은 홀로 흩어져 무덤 주위를 돌고 있었다. 나는 한발 뒤에 서서 사진기로 그들의 움직임을 당겼다 밀쳤다 하면서 사진을 찍었다. 그때였다. 무덤가를 돌던 김 선생이 환호성을 지르며 주저앉았다.

어머, 고사리야, 고사리, 이것 좀 봐. 어머, 여기 할미꽃도, 여기 흰 제비꽃도, 여기 고사리, 여기 할미꽃, 여기 냉이꽃, 여기 양지꽃, 여기 취도 있어, 세상에. 무덤가에 웬 나물이 이렇게 많아요? 조상님들이 음덕을 내려주신 건가요? 봄에 나는 풀은 아무거나 먹어도 탈이 없다지요?

김상헌 선생 묘는 마을 안쪽으로 깊숙이 들어가 있었다. 무덤 앞에 서서 묵념을 올리는데 남 선생이 모자라도 벗어야 되지 않겠느냐고 말했다. 우리는 쓰고 있던 모자를 벗어들고 다시 한번 고개를 숙였다. 그리곤 한 사람 한 사람 마을을 향해 돌아서서 아무 말없이 한 동안 서 있었다. 남 선생이 먼저 취석비가 있는 곳으로 발걸음을 옮기자 다시 한 사람씩 그 뒤를 따라 말없이 걸어 내려왔다.

취석비가 있는 곳으로 내려오자 정 선생이 우리를 기다리고 있었다는 듯이 손을 흔들었다. 정 선생은 이미 낮술을 걸치고 불콰해진 얼굴로 외눈박이를 목에 걸고 있었다. 그는 사진기를 외눈박이라고 불렀다. 가슴 한복판에 큰 눈을 달고서 하늘 아래 모든 것을 한눈으로 보는 놈이라는 것이다. 술이 취하면 외눈박이는 과거나 미래를 보지 못한다는 것이 흠이라면 흠이라고 알 수 없는 소리를 반복하곤 했다. 그때문인지 같은 장소를 다녀와도 정 선생이 카페에 올리는 사진들은 묘한 데가 있었다. 그는 우리가 보지 못하는 다른 곳을 보고 있다는 느낌이 들었다.

파리처럼 분주하고, 돼지처럼 씩씩대며 살았으니, 우리도 이제 취석에 누워 잘 만하지 않소? 김 선생, 꽃을 밟고 돌아가면 발바닥에 향기나 나서 나비들이 따라온다고 하지 않았소?

정 선생은 손에 들고 온 비닐봉지에서 종이컵과 소주병을 꺼냈다. 취석비에 술을 올리고 혼자 그 앞에 서서 묵념을 했다. 남 선생이 나에게 빨리 사진을 찍으라고 손짓을 했다. 정 선생이 돌리는 술잔을 한 잔씩 받아 마신 뒤, 우리는 취석비를 중심으로 나란히 서서 카페

227

에 올릴 단체사진을 찍고, 한 명씩 취석비 옆에 서서 기념사진을 찍고, 진달래 가지를 잡고 찍고, 사람 발길이 닿지 않아 새순처럼 파랗게 돋아난 이끼 낀 길을 춤추듯 걸어가며 사진을 찍었다. 누군가 안동 김씨를 말하고, 누군가 이 마을에 쌍초상이 나던 날 도둑들이 트럭을 들이대고 붓과 벼루까지 훔쳐가는 걸 잡았다고 소문내듯 말하고, 또 누군가는 김상헌과 최명길을 말하고, 심양 남관의 골방에서 시로 나눈 아름다운 대화를 말하고, 자존심과 저울을 말하고, 도연명의 국화를, 카페 댓글 달듯 말했다. 마을을 빠져나와 석실 입구 버스 정류장에 다시 모인 뒤에야 우리는 정 선생이 보이지 않는 걸 알아챘다.

나는 일행들을 미음나루에 예약해놓은 식당으로 보내고 다시 취석비가 있는 곳으로 돌아갔다. 왔던 길을 돌아가는 길? 왔던 사람들을 배웅하고 돌아가는 길? 때 아니게 봄날치고는 좀 더운 날씨지만 행복한 기분이 드는 건 술기운 때문만은 아니었다. 꿈속에서처럼 걷는 느낌은 없는데 마을 풍경이 영화 화면처럼 천천히 흘러가고 있었다.

정 선생이 외눈박이로 취석비를 찍고 있거나, 도연명을 흉내낸다고 취석비에 기대어 잠들어 있을 거라는 예상은 빗나갔다. 정 선생은 보이지 않았다. 뭐 상관없다. 어디선가 또 외눈박이를 목에 걸고 불쑥 나타날 것이다. 지금 중요한 건 그게 아니다.

나는 갑자기 눈 뜬 장님이 된 것 같았다. 하늘도 보이고, 나무도 보이고, 미나리깡도 보이는데, 길이 보이지 않았다. 들어올 때 취석비 앞까지 이어졌던 마을길이 보이지 않았다. 정 선생도 분명 외눈박이로 이 황당한 풍경을 보았을 거라는 직감이 들었다. 집을 찾아가려면 다시 눈을 감으라는 말이 떠올랐다.

깨어보니 그는 아직도 술에 취해 잠들어 있었다.

*취석醉石 : 도연명이 거처하던 율리에 큰 돌이 있는데, 도연명은 술에 취하면 항상 그 돌에 올라가 잠을 잤다. 그 돌을 취석이라 불렀다는 고사에서 유래.

김정묘

세상 끝의 골목

나는 묻는다. 구름의 움직임을 볼 줄 알아? 별자리를 짚어낼 줄 알아? 물길의 흐름을 읽을 줄 알아? 젠장맞을, 길 잃은 놈이 뭐 이렇게 한가로운 질문을 해? 한 가지만 생각해. 바람이 불어오는 쪽. 바람을 따라가면 바다로 통하겠지.

방파제로 나가는 지름길이라고 일러준 언덕배기 골목에는 바다와는 아무런 관계가 없어 보이는 가게들이 늘어서 있다. 구멍가게를 지나고, 만화가게를 지나고, 야채가게를 지나고, 노인정을 지나고, 목욕탕을 지난다. 구멍가게에는 라면, 음료수, 세제를 삼십 퍼센트 세일한다고 상자째 가게 앞에 진열해놓았다. 아이와 할머니가 낡은 유모차에 물통을 싣고 만화가게 앞을 지나간다. 엉덩이만 가린 짧은 치마를 입은 다방아가씨가 보자기에 싼 차 쟁반을 흔들며 노인정으로 들어간다.

언덕을 넘어서자 골목길이 끝나고 공터가 나타났다. '세상 끝의 골목'? 인도양 어느 섬에 있다는 그 골목길 이름이 떠올랐다. 세상 끝은 바다가 아니라 공터일지도 모르지.

하지만 나는 여전히 공터 앞에서도 어찌해야 좋을지 몰라 서성거린다. 바람이 어느 쪽에서 불어오는지…. 내가 할 수 있는 일은 고작 좌향좌, 우향우, 제자리에서 맴돌기뿐이다. 마른 우뭇가사리 검불뭉치가 뒹구는 곳으로 방향을 잡았어도 바다와 영영 멀어지는 게 아닌가, 두리번거리며 공터를 지난다.

나는 잘 걸을 수가 없다.

휘청거린다.

흐느적거린다.

발이 없다는 느낌도 든다.

신발을 벗어 모래를 턴다. 다시 걷는다. 모래는 다시 신발 속에 가득 들어찬다. 나는 몇 번이고 가다가 주저앉아 모래를 턴다. 모래 그물에 빠진 발목을 힘겹게 들어올리며 나는 낮게 중얼거린다.

여기가 어디지?

나도 모르게 태아처럼 주먹을 꼭 움켜쥐고 몸을 웅크렸다. 파도치는 소리가 귀를 철썩인다. 칭얼대는 애기 울음소리 같기도 하다. 아무려면은 어떤가! 물 밖으로 머리를 내밀자, 누군가 내 뒷덜미를 덥석 잡아당겼다. 내 목이 덜컹 매달린 느낌이다. 흘러내린 머리칼 사이로 흐릿하게 조금 전 지나왔던 언덕배기 골목길이 보였다.

김
정
묘

오래된 어제

전철이 도착하고 문이 열렸다. 나는 전철 안으로 들어갔다. 그는 전철 밖에서 전철 안에 있는 나를 바라보았다. 문이 닫히고 전철이 움직일 때까지 오래된 어제처럼 아무 일도 일어나지 않았다. 그는 나를, 나는 그를, 우리가 다시 볼 수 없다는, 우주가 정지된 듯한 중압감을 견디고 있을 때, 전철은 오래된 어제처럼 움직였다. 의자에 앉은 사람, 손잡이를 잡고 선 사람, 전화를 하는 사람, 책을 보는 사람, 다 다른 얼굴을 하고, 다 다른 옷을 입고, 다 다른 곳을 쳐다보는 사람들이 한 객실에 타고 가는 일도 오래된 어제와 같았다. 전철이 정거장에 설 때마다 사람들은 내리고 또다시 사람들이 탄다. 나도 그들처럼 타고, 그들처럼 내리는 동안, 이승과 저승으로 갈라지는 길처럼 그는 오래된 어제가 되었고, 나도 오래된 어제가 되고 말았다. 그 후로 오직 오래된 어제가 아는 얼굴이었지만 우리는 아는 체를 할 수가 없다.

이목연

• 휴거
• 그 언저리

길이라는 주제를 받고 보니 도처에 길이다.
잘 닦인 길 놓아두고 가시밭길 가는 청맹과니.
몇 발짝 나가지 못하고 주저앉아
마음 길 더듬어본다.

1998년 《한국소설》에 〈악어새의 외출〉로 등단, 단편집
으로 《로메슈제의 향기》《꽁치를 굽는다》가 있다.

휴거

당신은 당신 몸 안에서 그런 반란이 일어나고 있는 줄 알지 못했다. 그저 진물이 흐르고 가끔 욱신거리는 귀가 간지러워 손가락 중 가장 가는 새끼손가락을 귓속으로 밀어 넣었을 뿐이다. 보통 우리가 귀지라고 부르는 희끗한 가루와 함께 고름이 말라붙은 자그마한 딱지가 손끝에 딸려 나왔다.

당신은 평소처럼 귀를 후빈 새끼손가락을 치맛자락에 쓱쓱 닦았다. 나이가 먹으면서 생긴 번열증 때문에 오래 전부터 집에서는 민소매 원피스만 걸치고 있는 당신이었다. 당신은 밥을 먹다가 콧물이 나오면 치맛자락을 들어 코끝을 훔치듯이 습관처럼 새끼손가락을 치맛자락에 문질렀을 뿐이다.

그렇다고 그들이 당신을 해할 불순한 의도가 있었던 건 아니었다. 그들은 단지 새로운 삶의 터전이 필요한 시점이었을 뿐이다. 당신의 나이 이미 환갑, 그들로서는 몇 겁의 세월이 흐른 것인지 가늠조차 할 수 없는 시간이다.

그 오랜 시간을 당신의 오른쪽 귀 안쪽, 외이와 고막 사이의 좁은 공간에서 살아온 그들이기에 삶의 질이 그다지 좋은 편은 아니었다. 그들은 식량과 생명수를 확보하기 위해 당신의 오른쪽 귀 피부를 더 깊숙이 파고들었다.

백성들은 불안했다. 그들 종족의 종교 지도자들 및 뜻있는 인사들은 정부를 향해 쓴 소리를 해댔다.

"이대로 가다간 우리가 거주하는 소혹성(그들은 당신의 몸을 우주를 떠도는 소혹성쯤으로 알고 있다)이 곧 멸망할 것이다. 우리는 오래 전에 이 소혹성에 살다 멸종된 '이'족의 선례를 잊어서는 안 된다. 정부는 우리 종족이 멸망하기 전 적극적인 자세로 새로운 삶의 터를 제공해야 한다."

그들의 족장은 이렇게 떠들어대는 과학자 및 종교지도자들의 충언을 받아들이기로 했다. 그들은 머리를 맞대고 다른 우주를 탐사할 계획을 짰다. 백성들에게는 새로운 보금자리가 생길 때까지 소비를 줄이고 긴축생활을 감내해달라고 호소했다.

경제가 불안해지자 오히려 불안을 느낀 백성들이 더 그악스레 영양분을 비축하려 했고 그 바람에 당신의 피부는 깊숙하게 파여 갔다.

당신은 원인을 알 수 없는 고열과 욱신거리는 귀의 통증 때문에 잠을 잘 수가 없었다. 그들의 싸움이 치열해질수록 당신의 체온은 올라갔고 진물과 고름이 많아졌다. 당신이 이리저리 몸을 뒤척일 때마다 귓속 생명체들의 자리바꿈도 일어났다.

이목연

당신의 손가락이나 면봉이 귓속을 드나드는 횟수가 늘었다. 그들에게는 당신의 새끼손가락이나 하얀 면봉의 침입이 신의 심판처럼 느껴졌다.

참을 수 없어진 당신은 병원을 찾고, 연신 소독약을 들이부었다. 살포한 약이 섬모 사이로 스며들었다. 흐르던 피와 진물이 막히고 피부가 가뭄 든 논바닥처럼 말랐다. 몇 번의 약이 살포되자 그들은 최악의 가뭄을 겪어야 했다.

종족의 삼분의 이가 몰살했다. 족장은 비상대책 위원회를 소집했다. 그들은 환경이 살아야 자신들의 생명이 연장된다는 사실을 절감하며 생명을 유지할 만큼 최소의 식량만을 섭취하기로 결의했다. 당신의 망가진 고막에 새살이 돋기 시작한 시점이었다.

하지만 욕망의 달콤함을 맛본 자들은 그 욕망을 포기하지 못하는 법, 대지가 촉촉해지자 그들은 좀이 쑤셨다. 좁은 세상이 답답했다. 젊은이들은 큰 세상으로 나가 새로운 영토를 개척해야 한다고 외쳤다. 건강하고 도전정신이 강한 젊은이들이 원정대에 자원했다. 우려가 되긴 했지만 족장은 호기심 많은 젊은이들을 막지 못했다.

그들은 이미 당신의 습관을 눈치 채고 있었다. 유인조가 당신 외이의 끝 부분까지 몰려나와 당신의 귀를 간질인다. 당신 손가락이나 면봉이 들어오면 그 기회를 이용해 외부로 나가기로 했다. 몇 생을 거쳐야 할 거리를 그들은 단숨에 이동할 수 있었다.

그들 중 일부는 당신의 치마 속 허벅지를 기어올라 샅 쪽으로 움직였다. 털이 북슬북슬한 사타구니는 그들의 좋은 은신처가 되었다. 또 다른 일부는 당신의 다리를 타고 아래로 내려갔다. 유인조가 움직이며 당신의 살갗을 파고드는 순간 귀속 본대에 남아 있던 종족은 긴 행렬을 이루며 귓바퀴를 타고 이동했다.

당신의 귓속에 남아 있던 족장은 혼란을 막기 위해 연일 승전보를 전하는 것으로 백성들의 희망을 키웠다. 신문은 소혹성에 살다가 멸종해버린, 그래서 전설로만 전해지는 '이'라는 종족의 기사를 특집으로 다뤘다.

전설 속 거물족인 이는 긴 다리와 단단한 턱뼈를 가진 종족으로 한때는 이 혹성의 전 지역에 거주하고 있었다. 지표면 깊숙이 턱뼈를 박아 넣어 풍부하게 흐르는 수액으로 배를 채운 다음 축지법을 사용하듯 빠른 걸음으로 하룻밤 사이에 전 혹성을 돌 수 있을 만큼 무서운 종족이었다.

기자는 이런 타이타닉만큼 거대한 종족이 한순간에 멸종해버린 이유는 명확하진 않지만 오래 지속된 빙하기 때문이라는 설도 있고, 지독한 알칼리성 비에 의해 환경이 오염되었기 때문이라는 설도 있다고 전했다. 그러면서 결론을 맺기를, 아직 미스터리인 그 이유보다는 결과에 주목하자고 했다.

"우리가 살기 위해선 우선 삶의 터전인 이 소혹성을 보호해야 합니다. 공존의 길을 모색합시다."

환경을 주제로 한 세미나와 학술 포럼 소식도 실렸다. 그 옆 신문

이목연

한 귀퉁이에는 이런 난국이면 어김없이 나타나는 휴거에 대한 기사도 실렸다.

모월 모일, 신에 의해 들림을 받아 안전한 곳으로 옮겨질 것이라는 휴거일을 보도하면서 새삼 신을 찾는 종족이 늘었다고 했다. 당신은 귀 안에서 연신 웅얼거리는 그들의 기도를 이명처럼 들어야 했다.

이렇게 귀 안의 종족들이 자구책을 찾는 사이, 귀 밖으로 퍼져나간 그 종족의 일부는 영토를 넓히고 사유재산을 늘리는데 여념이 없었다. 때마침 소혹성의 계절은 여름인지라 그들이 세를 넓히는 데 적절한 온도와 습도를 제공했다.

그들이 발견한 세상은 꿀과 젖이 흐르는 광활한 천국이었다. 그들은 환호했다. 통통하게 살이 오른 종족들은 하루에도 수천 번씩 교미하여 수만 마리의 후손을 낳았다. 하루 빨리 자리를 잡은 뒤 고향에 두고 온 종족들을 데려오자는 합의도 있었다. 그들은 축배의 잔을 부딪치며 외쳤다. 후손을 번식하자. 영토를 확장하자.

당신은 몸을 긁적이기 시작했다. 다리도 가렵고 머릿속도 가렵고 배도 가려웠다. 가뭄이 들기 시작한 아랫도리도 미치도록 가려웠다. 가려움증은 당신을 포악하게 만들었다. 가려운 곳을 박박 긁던 당신은 여기저기 벌겋게 부은 몸을 긁적이며 다시 병원을 찾았다.

짓무른 머릿속과 겨드랑이를 살핀 의사는 곰팡이 균이라고 했다. 몸에 습기를 제거하고 연고를 바르면 나을 것이라고 했다.

샤워를 마친 당신은 독한 약을 먹고는 근질거리는 곳마다 피부과에서 받아온 연고를 세심하게 발랐다.

그들은 별안간 덮쳐온 불행에 대해 알지 못했다. 그들이 당신 몸에서 떨어져 내리던 그날은 하필이면 그들의 종교지도자가 휴거를 예언한 날이었다.

239

이
목
연

그 언저리

지금 어디쯤 계신가요. 저 법당 문 앞에 앉아 구름 한 점 없는 맑고 푸른 하늘을 보고 계시나요. 아니면, 쉽게 거듭나는 중생들이 부럽다고 지루한 숨을 내쉬는 석탑 곁에 가벼워진 몸을 부리고 계신 건가요. 그도 아니면, 연못가 정자에 걸터앉아 연잎 사이를 헤엄치는 금붕어를 보고 계시나요. 당신을 위해 심었던 마거리트는 올해도 하얗게 피었다 졌습니다.

주차장에 홀로 서 있던 낡은 은빛 승용차, 그 명도 낮은 색깔이 괜한 서러움으로 콧날을 때리던 날. 미처 붉지 못한 단풍 이파리 몇 낱이 떨어져 내렸습니다. 그리고 당신은 불러도 대답할 수 없는 곳으로 가셨다 했습니다.

당신이 걸어가는 그 길목은 우리가 살고 있는 이 언저리, 계절이 덜 스민 모과 몇 알이 연신 들까부는 풍경風磬을 지그시 바라보며 웃는 이 언저리와는 사뭇 다른 길인지요. 이끼 낀 저 탑 곁에 서면 생전의 그 모습 그대로 마주설 것만 같아 아직도 색의 미망에서 벗어나지 못한 이 중생은 당신의 발길 머물던 곳을 찾아 여전히 여섯 감각을 세웁니다.

주차장을 지나 계단을 오릅니다. 그곳에서도 보이시는지요. 부처님 머리를 닮았다는 불두화 넓적한 잎이 바가지과자처럼 다시 오그라들었습니다.

가지가 휘어지도록 열매를 단 대추나무 앞에서 멈춥니다. 굵은 대추와 함께 건너오던 그 환한 웃음이 사라진지도 모르는 채 반질거리는 잎새 사이의 대추 볼이 터질 듯이 붉습니다.

바람 한줄기가 지나며 법당 앞 나뭇잎을 떨어뜨립니다. 당신이 머물던 방 문 앞의 풍경이 또 자지러지게 웁니다. 아, 당신이 오셨구나. 이승에 남은 저는 그렇게 여기며 부처님을 향해 향 하나를 꽂습니다.

우리의 삶이란 그저 향 하나 태우는 잠깐 사이라 하셨던가요.

이 향이 타는 동안 지난 밤 연못 속에 빠진 별들이 잠든 잉어를 깨우고 소나무가 모르는 척 헛기침을 하며 돌아눕겠지요. 그사이 전생의 언젠가처럼 당신을 보내려 합니다.

당신을 위해 연꽃을 닮은, 구름을 닮은 사리탑을 세우리라 마음먹지만 아직은 곁에 계실 때의 온화한 웃음이 더 익숙한 저입니다.

이제 눈물을 삼키며 당신이 가르쳐주었던 광명진언을 외며 길을 밝힙니다. 가끔 빛으로, 바람으로, 빗줄기로 나투시어 당신인 듯 여기게 해주십시오.

방금 전에 사른 향이 무너지기도 전에, 당신 가는 길을 밝혀달라고 부처님을 향해 모았던 손을 미처 풀기도 전에, 또 다른 미망 속으

이목연

로 빠져드는 이 중생을 살펴주소서.

당신 가는 그 길이 이승의 저는 정녕 헤아릴 수 없는 먼 길인가요?

아니면 바로 곁에 길을 두고도 못 보는 것인가요.

지금은 어디쯤 가고 계시는지요.

윤신숙

- 살을 삽니다
- 던져진 시체
- 그 남자 이름은

길은 열려 있다.
마음길이 헐떡일 뿐!
하늘이 귀띔한다.
'나를 퍼다 쓰렴.'

2007년 《한국산문》에 수필 〈클래식 기타와의 여행〉으로 등단.

살을 삽니다

"살덩이를 삽니다. 살덩이. 뱃살, 허벅짓살, 팔뚝살, 장딴지살, 목살, 손등살, 발등살, 등살, 옆구리살, 턱살, 가슴살, 눈두덩살, 볼따구니살, 손가락살, 발가락살, 발목살, 손목살… 가격은 킬로그램당, 많을수록 돈도 많이 드립니다. 단, 불법거래로 지상에선 통제되오니 꿈길에서만 가능합니다. 하지만 돈은 위성을 통해 본인 통장으로 확실하게 입금됩니다."

연극배우 방 씨는 뚱뚱한 것을 자신의 매력으로 삼아 구 년째 코미디 프로그램 출연과 광고모델 일로 먹고 살지만, 이제는 그 일이 지겨워졌다. 기회가 있다면 바로 이탈하고 싶었다. 그러던 어느날 친구로부터 전해들은 꿈길 소식은 그를 놀라게 했다.

'고뤠~ 세상에! 뚱보로서 운명에 순응하고 살다보니 이런 횡재도 있구먼. 애물단지 살덩이를 가져가고 돈까지 준다니.'

그는 습관도 그렇거니와 일을 하기 위해서도 먹는 것을 조절하는 것이 쉽지 않았다. 졸음을 참고 시간을 아껴가며 비싼 헬스클럽에서 열심히 운동을 해도 좀처럼 줄지 않는 몸무게 때문에 체중 감량은 언제나 그의 화두가 되었다. 그래도 마음을 비우고 뚱뚱한 대로 코믹 연기에 당당히 도전하다보니 인기는 절정이었지만 마음속으로는 언제나 몸이 홀쭉해지기를 염원하고 있었다.

방 씨는 꿈길에서 거래인을 만나 씨익 웃으며 물었다.

"참 좋은 일 하시네요. 내 생전에 이런 횡재가 있으리라곤 생각 못 했는데, 그나저나 사람들이 싫어하는 살덩이를 사서 대체 어디에 쓰려고 그러우?"

거래인은 피식 웃으며 답했다.

"죽은 사람들 중에 후손 발복을 위하여 명당에 매장된 사람들이 있소. 그들 중에는 저승까지 돈을 몰래 가져가 하느님께 바치면 천당 갈 줄 아는 사람들이 있었다오. 그런데 하느님이 노하셔서 지옥에 보내려고 하자, 연옥의 단계에서 돈으로 다시 지상에 내려갈 요량으로 이런 꿍꿍이가 생기게 되었소. 무덤 속 시신의 살은 다 없어져버렸으니 흉한 몰골로 자손들에게 나타나기가 꺼려져 살덩이를 흥정하게 된 것이오."

방 씨는 몸무게 중 42kg을 팔 예정으로 몸을 맡겼다. 마취 대신 슈만의 '트로이메라이'가 꿈결처럼 편안하게 들려왔다. 멋지게 탈바꿈할 자신의 모습을 상상하니 마취 없이 삽으로 뱃살을 퍼내는데도, 턱살을 칼로 도려내는데도, 발바닥을 대패로 미는데도 아프지 않았다. '햐! 살 빼고, 돈 받고, 죽은 사람 다시 살게 해주는 일, 이보다 더

좋을 순 없다.'

꿈길에서 돌아온 방 씨는 기대에 차 거울 쪽으로 다가갔다. '이제 부터 뚱뚱하다고 놀린 사람들에게 나의 달라진 모습으로 놀라게 해 줘야지. 내가 평소에 마음만은 홀쭉하다고 부르짖었는데 이제 몸까 지 홀쭉해진 것을 자랑스럽게 보여줘야지. 난 키도 크겠다, 뚱보였을 때도 잘 생겼는데 하물며 군살을 다 뺐으니 천하의 꽃미남이 되어 있 으렷다.'

거울 속의 남자는 참으로 홀쭉했다.
'아아, 누구십니까?'
흰 머리카락이 간신히 몇 가닥 남아 있는 쭈글쭈글해진 할아버지 가 뚱뚱했던 지난날의 그를 거울 속에서 바라보고 있었다.

화가 난 방 씨는 그날 밤 꿈길로 달려가 거래인의 멱살을 잡고 소 리쳤다.
"뭐야? 내 살 돌려줘!"
"하하, 꿈길 거래에는 애프터서비스가 없습니다. 예약자가 넘쳐 당 신이 기다려 시술한 시간까지 인간 세상 시간으로 오십 년이 흘렀을 뿐인데 뭘 그러시오?"

던져진 시체

쩔그럭 쩔그럭 타닥타닥

철그렁 철그렁~

타닥 탁~ 히힝

말발굽 소리가 멈춘다.

(배경 음악으로 빗소리와 라크리모사*가 섞여 들려온다.)

움푹 파인 흙구덩이는 제 집에 만만치 않은 시체가 올 것이라 예감했다. 말발굽 소리와 빗소리는 장례식 때마다 예사로 들렸지만 멀리서부터 음악이 들려오기는 이번이 처음이었다. 삽으로 퍼 올려진 흙은 상처로 고통 받고 있던 중, 무슨 곡인지는 모르지만 그 곡을 듣는 즐거움에 통증이 가라앉는 듯했다.

운구자들이 마차에서 내린 관을 들고 구덩이 앞에 멈춘 뒤 재빨리 관을 열어 흰 천에 몇 겹으로 둘둘 감긴 시신, 어찌 보면 죽은 사람이 아닌 커다란 인형 같은 것을 순식간에 땅속으로 휙 내던졌다. 음악은 끊이지 않고 시신과 구덩이 속까지 파고들었다. 그때 갑자기 저승사

윤신숙

자가 나타나 인부들이 흙을 쏟아붓기 전, 반짝이는 하얀 별가루를 뿌렸다. 시신을 파고든 음흅과 뿌려진 별가루가 만나 묘한 연기를 내뿜었다. 봄날 아지랑이 피듯.

영화 '아마데우스'의 끝 부분을 본 나는 세상에서 제일 큰 씨앗을 보았다. 그 던져진 시체는 음흅의 씨앗이었다. 그것은 별가루와 섞여 부활하여 지금도 천지를 떠돈다.

"사람들이여, 내 시신이 없어졌다느니 존재하지도 않는 행성에서 와 환幻으로 살다 간 인물이라느니 왈가왈부하지 마소. 나는 당신들 마음속 염원을 신神의 도움으로 인류 공통 언어인 음악을 통하여 그대들 심장에 노래할 뿐이니."

*라크리모사 : '눈물의 날'이라는 의미로 모차르트가 미완성한 〈레퀴엠〉 중 세쿠엔티아 6곡.

그 남자 이름은

길 팬더.[*] 그는 약혼녀와 파리 여행 중 취기에 홀로 밤길을 거닐다 길을 잃는다. 몽마르트르 둥근 계단에 주저앉아 있을 즈음 '딩~~ 뎅~~~ 덩~~~' 자정을 알리는 종소리와 함께 술기운이 마법을 부리는데….

겨자색 구형 푸조가 연기를 뿜으며 나타나 길을 유혹한다. 얼떨결에 탄 차 안에는 1920년대 파리에서 명성을 날리던 예술가들이 그를 반기며 환상 속 카페로 안내한다.

길은 자정이 될 때마다 푸조를 타고 여행을 한다. 그러나 그토록 갈망하던 예술가들의 실상을 알게 되자 영웅시했던 그들에게서 인간의 한계를 느끼고 차츰 미드나잇 여행에 시들해진다.

그럼에도 불구하고 소설보다 도시의 유적과 낭만이, 안정된 미래의 결혼보다 길거리에서 만난 사람들과의 자유로운 사랑이 길에게는 우선이다.

그의 소설쓰기가 체험과 환상이 버무려져 발효될 때까지 그는 길에서 헤맬 것이다. 또한 그 모든 것이 시시하다고 느껴지는 허허벌판에 섰을 때 비로소 글로써 살아남을 것이다.

영화관에서 나와 광화문까지 걸었다. 백 년만의 가뭄 뒤에 내리는 빗소리를 벗 삼아.

세종문화회관 옆 골목 식당 '새봄'에서 신김치와 호박볶음을 넣은 옛날식 비빔국수를 먹고, 근처 패스트 푸드점 이 층에서 세종문화회관을 마주보며 커피를 마셨다.

창밖 사람들은 저마다 우산을 쓰고 오가고 있다. 그러나 내가 바라보고 있는 이십오 분 동안 커플은 한 쌍도 없었다. 밤이면 쏟아지는 그 흔한 연인들은 지금 다 어디서 무얼 하는지.

공연장 벽을 훑어보다 오른쪽 끝 지점에서 100호 정도 크기의 홍보 사진을 보았다.

'사진 미학의 거장, 앙리 카르티에─브레송 전' 서울과 파리. 그 먼 거리, 그러나 가까운 예술의 길.

눈의 렌즈로 비 오는 광화문을 찍었다. 오늘 밤 우디 앨런에게 그 사진을 전송해야겠다.

*길 팬더 : 영화 '미드나잇 인 파리'의 주인공 이름.

임상태

•출애굽기 1·2·3

출애굽기는
이스라엘 백성이 애굽의 종살이에서 벗어난다는
특정 민족의 역사이기 이전에,
우리네 인생길을 함축하고 있는 듯하다.
결국 '길'이란
우리 인생 여정의 은유일 수도 있지 않을까?

2011년 《문학나무》 겨울호에 미니픽션 〈우럭〉으로 등단.

출애굽기 1

– 유월절[*]

길을 떠나다

후미진 여관에 친구와 방을 잡았다. 여관집 딸이 예쁘다는 소문은 익히 들어 알고 있었다. 여자 꼬시는 데는 섹시하고 코믹한 게 최고라는 견해에 친구와 나는 공감했다. 우리는 '꼬시는 사람들', 일명 '꼬시계'였다.

"여보게 잘 좀 꼬셔보시게, 꼬시기 위해 꼬시게, 다른 불순물은 일체 첨가하지 말고 말임세."

"그럼세. 웃기지도 않게 꼬시시게. 사랑 따윈 날아가는 새떼에게 던져주고 오직 섹시하게 꼬시게, 꼬심을 위한 꼬심에 의한 꼬시계."

'꼬시계'의 일인자인 우리는 이미 '고시계'에선 널리 알려진 인물들이었다. 세상이라는 어려운 시험에 낙방하여 방황하다 달포 전 신림동에서 청량리58 동네로 처소를 옮겨온 터였다. 이곳에 온 후 밤마다 푸줏간 조명 밑을 어슬렁거리며 오입 실력 하나로 거리를 재패해온 우리였다. 쭉쭉빵빵한 아가씨들과 벌이는 붉은 등 아래에서의 레슬링 한판은 포주와 기둥서방들에겐 더할 나위 없는 흥행거리로, 사람

들에겐 오락거리로, 우리에겐 하룻밤의 숙식과 또 다른 먹을거리를
얻을 수 있는 밑질 것 없는 장사였다.

그날도 태그매치를 벌인 우리는 그녀들의 입에 허연 거품을 물려
준 채 1라운드 폴승으로 가볍게 승리했다. 포주가 패배를 인정하며
방을 잡아주었다.

"여관집 딸은 식물이라지? 이런 동네에선 보기 힘든…."

친구가 잘 아는 여인이라도 되는 양 해죽거리며 말을 이었다.

"이곳 토질은 산성이라 식물이 자라기엔 적합지 않을 텐데… 우리
집 화분에나 옮겨 심어볼까?"

친구의 농에 돌아갈 집이라도 있는 그가 부럽게만 느껴졌다. 이미
오래 전 나의 부모는 먼 산으로 떠나가셨다. 세상시험에 매번 낙방하
는 아들의 모습을 안타까워하시다가, 어느 날 지팡이 하나에 노구를
의지한 채 소경처럼 먼 산처럼 떠나가신 것이다. 그날조차 나는 거리
를 배회하고 있었다.

"어떻게 꼬시지? 그냥 웃겨? 마냥 웃기기만 해서?"

"코믹은 선택이지만 성적 매력은 필수야."

친구는 가볍다 못해 냉소적인 어투로 말했다. 사실 그것은 우리의
일상이었고 말 안 해도 어쩔 수 없는 현실이었다. 우리에게 남은 것이
라곤 불알 두 쪽 자존심밖에 없었기 때문이다.

방을 잡고 이부자리를 폈다. 여관집 딸에게는 이부자리가 이브의

첫자리 같을 것이라며 친구는 키득댔다. 우리는 땀도 씻지 않은 채 옷을 벗었다. 방에는 암컷들과 뒹굴다 온 질펀한 채취가 터질 듯한 가스로 팽팽히 채워졌다. 그녀가 들어오길 기다리며 속칭 '눈 가리고 어흥 자세'를 취했다. 잠시 후 세면도구를 건네주러 그녀가 들어왔다. 우리는 약속대로 엉덩이를 돌리며 짐승울음소리를 냈다.

"호시탐탐 먹이를 노리는 사자 울음 같네요."

감정이 배어나지 않는 묘한 말만 남긴 채 그녀는 나가버렸다. 친구는 돼지 소리를 냈고, 나는 닭 소리를 냈는데 사자 울음이라니… 신묘한 느낌의 여인이었다. 그것은 단순한 느낌이 아니어서 달빛에 비친 묵언의 칼날처럼 싸늘한 기운 같은 것이 배어났다. 이내 머릿속에 진공의 몽롱함을 깨우는 초신성이 스쳐갔다.

"신경 쓰지 말고 자빠져 자, 닭대가리야."

친구는 이불 속을 파고들며 말했다. 하지만 한번 일어난 호기심을 재워야 잠도 이룰 수 있을 것 같았다. 밑단이 퍼진 하얀 원피스, 감정을 섞지 않은 얼굴과 말투, 그리고 호시탐탐 노리는 사자 울음이라니… 그리고 치맛단의 핏자국은!

오한이 느껴졌다. 쭈뼛이 선 머리를 옹송그린 채 검정비닐에 코를 묻고 본드를 마셨다. 때론 약물을 통해 용기를 얻는다. 그녀의 미스터리를 풀기 위해 혼미한 정신을 가누며 문을 나섰다. 어디선가 걸쭉한 비린내가 풍겨왔다. 냄새의 향방을 좇아 좁고 긴 복도를 걸었다. 가도 가도 이어지는 낭하의 끝에서 썩―썩― 칼질 소리가 들려왔다.

소리가 나는 곳을 향해 조심스레 발을 떼었다. 주방이었다. 문틈으로 그녀가 보였다. 짐승의 배를 갈라 내장을 발라내고 있었다.

"밤이 깊어지기 전에 방에 들어가세요. 야참 올려드릴게요."

양재기 가득 짐승의 피를 받아 나오며 스치듯 그녀는 말했다. 그리곤 그 피를 여관 문설주에 바르기 시작했다. 방으로 돌아온 나는 온몸이 뒤틀리는 공황에 빠졌다.

혼란스런 머리를 모로 뉘었다. 묵직해진 머릿속에 이런저런 생각들이 서성거렸다. 뜬금없이 지난 세월이 빛바랜 활동사진처럼 흘러갔다. 먼 산으로 떠나가신 부모님이 보였다. 결코 녹록지 않은 삶을 살아오신 분들. 필경 좋은 곳으로 가셨으리라. 부모님의 깊은 미소에 훈기를 느끼며 서서히 선잠 속에 빠져들었다.

선득 잠을 깼다. 소반에 야참을 담아 온 그녀가 서 있었다. 구운 양고기와 시루떡 그리고 씀바귀나물이었다. 아침이 되기 전까지 모두 먹으라는 말을 남긴 채 그녀는 사라졌다. 친구가 보이지 않았다. 애초에 들어왔던 방이 아니었다. 그곳은 반 평이나 될까 싶은 나무의 공간, 흡사 고해소 같았다. 어디선가 찬송 405장이 들려왔다. 왠지 집이 그리워졌다. 아니, 집보다 더 깊은 어떤 곳이 그리웠는지도 모른다.

여명이 밝아오며, 내가 있는 곳이 상어의 어금니 같은 날카로운 절벽의 쉬어가는 여관이자 고해소라는 사실을 알게 되었다. 아래로는

임상태

끝없는 낭떠러지가 펼쳐 있고 그 밑으론 세찬 물살이 흘렀다. 강 너머 산이 보였다. 젖과 꿀이 흐르는 먼 산! 푸름이 닿을 듯 가깝고, 닿을라치면 다시 멀어지는 그런 산. 나는 허리에 띠를 두르고, 발에 신을 신고, 지팡이를 짚은 채 본향 같은 그곳을 향해 채비를 서둘렀다. 먹다 남은 양고기를 불 속에 던져둔 채, 재의 향은 세상하늘로 흩어지고 있었다.

*유월절 : BC 13세기 이스라엘 사람들이 이집트에서 탈출한 것을 기념하는 축제일. 유월逾越이란 '지나치다', '그냥 넘어가다'라는 뜻으로, 이스라엘 백성이 이집트를 탈출하기 전날 밤 야훼는 이집트인 각 가정의 장남을 죽였는데, 이스라엘 백성의 집 문설주에는 어린 양의 피를 바르게 하여 그 표지가 있는 집 앞은 그냥 지나쳤다는 데서 유래한다. 의식으로 누룩이 들어가지 않은 떡과 쓴 나물, 문설주에 피를 바르고 남은 양고기를 구워 먹었다고 한다.

출애굽기 2
– 광야에서*

와글와글, 왁자지껄–

트럭의 짐칸엔 깡통, 플라스틱, 깨진 병, 바케쓰, 찢어진 팬티, 쭉정이 등이 오합지졸로 제가끔 목소리를 내고 있었다. 무엇이 못마땅한 듯 다들 불평을 늘어놓고 있었다.

운전석의 무쇠** 는 묵묵히 핸들을 잡고 시속 이십 킬로미터로 서행하고 있었다. 조수석에 앉은 이수화***의 결연하던 눈빛이 살짝 흔들렸다.

"형님, 어째 많이 보던 길 같습니다."

무쇠는 말이 없었다. 트럭은 출발 지점에서 횡단보도, 경사로를 거쳐 굴절 코스, 다시 교차로에서 곡선 코스를 넘어서고 있었다. 차의 앞에는 늘 구름기둥이 가야 할 길을 안내하고 있었다.

교차로를 지나서 방향 전환 코스를 지날 무렵 이수화가 다시 입을 열었다.

"근데 스도 큰형님은 언제 오시죠?"

257

임
상
태

“…”

짐칸의 오합지졸들도 더 큰 목소리를 내고 있었다. 여기가 어디
냐고, 다시 돌아가자고, 스도 형님은 이미 사망했다며 폭동이라도
일으킬 듯한 기세였다.

“처음에도 계셨고 지금도 함께하시며 마지막까지 같이하실 분
이시다…”

알 수 없는 말을 중얼거리며 무쇠는 기어를 변속했다. 오합지졸
들은 더 크게 동요하여 배가 고프다며 차의 뒷면 유리를 부수기
시작했다. 어디선가 ‘돌발! 돌발! 돌발!’ 하는 비상경고음이 들려왔
다. 잽싸게 평행주차를 마친 무쇠는 하늘을 향해 손을 번쩍 들어
보였다. 하늘에서 과자와 빵부스러기들이 쏟아졌다. 후식으로 오
색의 사탕가루도 쏟아졌다. 이수화는 그것을 나누어 오합지졸들
에게 먹였다. 다시 출발!

트럭은 출발 지점에서 횡단보도, 경사로를 거쳐 굴절 코스, 다
시 교차로에서 곡선 코스를 넘어서고 있었다. 밤이 이슥해지자 차
의 앞에서는 불기둥이 가야 할 길을 안내하고 있었다.

교차로를 지나서 방향 전환 코스를 지날 무렵 이수화가 다시 입
을 열었다.

“형님, 확실히 보던 길입니다. 쩝…”

무쇠는 말이 없었다. 답답해진 이수화는 언성을 높였다.

“형님, 확실히 왔던 길이라고요! 스도 형님은 대체 어디 계신답

디까?"

무쇠는 입을 꼭 다문 채 기어를 변속했다. 순간 스치는 풍경 속에 간판 하나를 발견한 이 수화는 무릎을 탁! 쳤다.

'광야운전면허시험장!'

출애굽기 3
– 요단강 저편[*]

(마감시간이 다 된 웨스턴 바. 인디언 보조개의 여인은 잔을 닦는다.)

붉은 수건으로 입구를 닦다가

깊은 속에 손을 넣어,

비빈다.

가볍게 비비다가 입술로 호– 불곤, 누르듯

돌린다.

바의 끄트머리에 앉은 나는 맥주를 마신다.

백태 낀 매독 환자처럼 허연 거품 머금고, 벌컥

마신다.

어느덧 나는 맥주병 안에 있다.

병 속에 갇힌 나는 미친 수캐다.

찡긋 곁눈질하듯 입매를 올리는 그녀,

수캐는 숨을 가눈다,

침이 흐른다.

사진 찍기

낡은 술청 위로 고꾸라진다. 술청의 침이 역류하여 코끝을 적신다. 가련한 수캐의 울부짖음,

夢—!

夢夢——! 夢夢夢———!

렘수면 상태의 뇌 속에서 섬광 같은 플래시가 터진다. 측두엽에서 사진이 흘러나온다. 그녀의 모습을 찍은 사진이 인화되어지는 시간은 해장국을 기다리는 숙취의 아침만큼 지루하다.

술청 너머로 보조개 여인이 보인다. 일을 마친 여인은 부채질을 한다. 하늘대는 향취에 녹아내리는 두개골. 귓속이 끈적끈적하다. 피 묻은 곱창처럼 귓바퀴를 돌아 골이 흘러나온다. 부채를 접은 그녀가 다가온다. 다가올수록 몽롱해지는 머리. 그녀는 긴 손으로 흐르는 나의 골을 쥐어짠다. 잔은 피로 채워지고 헹군 골은 숯불에 오른다. 잔을 건네며 한 점의 골을 입안에 넣어주는 그녀.

붉은 잔 너머로 그녀의 눈매가 보인다. 뇌살적인 눈빛에 머릿속이 벌겋게 바래간다….

여인이 사라졌다. 나비 되어 날아간 걸까?

외로움에 흘린 눈물이 인화지를 적신다. 감광感光된 달처럼 음영으로 떠오르는 얼굴. 순박한 인디언 소년 같은 어린 시절의 내 모습이다. 어두운 술청 한편에 벚나무의 순결한 손목이 드리운다. 달빛에 감긴 꽃잎을 머금고 속내를 씻는다. 폐부 깊이 씻기어간다.

맑은 눈으로 벚꽃을 바라본다. 양털 같은 꽃잎 사이로 어디선가 본 듯한 얼굴이 나타난다. 가지 사이를 휘도는 광휘! 홀로그램처럼 나타나는 근엄한 얼굴. 배광이 비치는 얼굴에 감전된 사람처럼 불현듯 몸을 낮춘다.

가지 사이를 맴돌던 반딧불이들이 천둥새**의 형상으로 무리 짓는다. 뇌성雷聲의 탄식으로 세상을 호명하듯 내려오는 거대한 새. 날개를 퍼덕이며 술청 위에 앉는다. 주변을 휘 둘러보던 새는 거대한 부리로 후미진 한편을 가리킨다.

그곳엔 문이 있었다. 좁고 낮은 문이었다. 섬망증을 앓는 사람처럼 문을 향해 이끌려간다. 더듬듯 손잡이를 돌린다. 문이 열리자 헤아릴 수 없이 높은 계단이 보였다. 위를 향해 한 걸음씩 올랐다. 밝은 빛으로 통하는 끝없는 계단. 더 이상 오를 수 없는 지경에 이르렀을 때, 사방이 구름기둥과 불기둥으로 가득하다는 사실을 알아차렸다.

불현, 하늘 높은 곳에서 천둥새가 날아왔다. 약속이나 한 듯 천둥새의 등에 올랐다. 창공을 가르자 멀리 거대한 강이 눈에 들어왔다. 내려다 보니 온통 네온 빛의 끓는 강물이었다. 서둘러 날갯짓하며 저편 너머 약속의 땅을 향했다.

*요단강 저편 : 출애굽 이후 가나안 땅 입성을 앞두고 이스라엘 백성이 마지막으로 머물던 곳이 지금의 요르단 지방이다. 요르단 지방과 가나안 땅 사이에 요단강이 흐르며, 요단강을 건너 여리고 성을 함락함으로써 출애굽의 기나긴 여정을 마치게 된다. 이스라엘 백성에게 가나안 땅은 본향이자 신이 약속하신 땅을 의미한다.

**천둥새 : '썬더버드'라 불리는 아메리카 인디언 전설 속의 거대한 새.

임상태

심아진

•이유 있는 길
•신의 길

가르침은 영원한 비밀이며
단지 비밀이 있다는 사실만 알려져 있다는
엘레우시스 비의에 대해 들은 적이 있습니다.
말하는 순간, 가치 없이 소거되어버릴 것만 같아
차마 명명하지 못하는 절절함의 길,
말할 수 없는 것을 말해야 하는 아둔함의 길….
이 길을 때로는 순진한 척, 때로는 진중한 척,
그러나 무엇보다 소중하게, 걸어갑니다.

1999년 《21세기 문학》으로 등단, 소설집으로 《숨을 쉬다》가 있다.

이유 있는 길

마침내 경수는 소라탑을 중심으로 방어진을 친 경찰차들 앞에서 오토바이를 멈추었다. 경찰들을 보고 이렇게 안도감이 느껴지기는 처음이었다. 최소한 무방비로 혼자 깔려 죽지는 않겠지 싶어 앞뒤 없이 브레이크를 잡아버렸다. 시간적 여유가 없어서인지 시위 진압용으로 쓰는 살수차나 빽차 대신 여러 대의 경찰차가 청계광장을 에워싸고 있었다.

오토바이는 실수로 자살하는 이의 비명처럼 절박한 바퀴 소리를 내고, 경수는 왼쪽으로 가볍게 튕겨 나간다. 난반사하는 경광등의 불빛과 사이렌, 경찰들의 확성기 소음이 일대를 아수라장으로 만들어놓았다. 경수의 오토바이 뒤로 바짝 따라왔던 그것은 이제 거대한 회오리사탕처럼 둘둘 말린 채 정지해 있다. 다행히, 정지한 것이다.

경찰들은 인재라고도 자연 재해라고도 규정할 수 없는 이상한 사건 앞에 잔뜩 긴장한 모습이다. 그 중 두 명이 총을 겨누며 경수에게 다가와 수갑을 채웠다. 주변으로 몰려든 사람들이 휴대폰을 꺼내 경수와 거대한 덩어리를 찍느라 야단이다.

경수는 자신은 수갑을 찰 이유가 없다는 항변도 하지 못한 채, 긴 구간 자신과 함께 달려온 '길 덩어리'를 멍하니 쳐다보았다. 파헤쳐진 청계천변의 길이 두꺼운 카펫 말린 모양으로 쓰러진 오토바이 뒤에 바투 붙어 있다.

경수의 사건은 곧 휴대폰과 인터넷을 통해 전국에 알려졌다. 남대문경찰서와 종로경찰서, 혜화경찰서 담당자들의 합동 수사가 진행되었다.

사건이 시작된 지점은 정확히 경수가 청계천로에 진입한 고산자교 부근이다. 일요일 오후 아홉 시쯤 경수의 오토바이가 달려가는 길을 따라, 청계천변의 차량 통행로가 깨지면서 말리기 시작한 것이다. 경수는 오토바이가 왕십리 부근을 지날 즈음에야 자신의 뒤에서 일어나고 있는 일에 대해 알게 된 연유에 대해 다음과 같이 이야기했다.

"처음에는 소리를 전혀 듣지 못했어요. 제 오토바이 마후라 소리가 장난 아니거든요."

경수는 불 꺼진 상가 쪽 인도에서 아이들인지 어른들인지 분간할 수 없는 몇몇 사람이 롤러 블레이드를 타는 모습을 보았다. 보드나 블레이드를 타다가 느닷없이 도로로 튀어나오는 수가 종종 있었기에 속도를 늦추었다. 그리고는 이상한 느낌이 나 뒤를 보니 거대한 맷돌 덩어리 같은 것이 자신의 오토바이에 바짝 붙어 있더라는 것이었다.

경수는 그 돌덩어리가 자신을 덮치려 한다고 생각했다. 오토바이를 세우고 어쩌고 할 경황이 없어 그대로 속도를 내서 달리는데 그것

역시 같은 속도로 쫓아오는 통에 정신을 차릴 수가 없었다. 덩어리의 속도가 자신의 속도에 비례한다는 것을 깨달은 것은 동대문을 거의 다 지나갈 때쯤이었다.

경수는 오토바이를 멈출 수가 없었다. 멈추는 바로 그 순간 점점 거대해진 그것이 자신을 납작하게 깔아뭉갤 것만 같아서였다.

"그런데 정말 이상한 것은 그 시간에 나 말고는 다른 차가 하나도 없었다는 점이에요."

경수는 아직도 온몸이 후들거린다며 그때 일을 이야기했다. 경찰들이 조사해보니 사실이었다. 일요일 밤이라 워낙 통행량 자체가 없는 때이기도 했지만 사건이 발생한 약 십오 분가량의 시간 동안 동에서 서로 가는 청계천로에는 차가 전혀 없었다. 물론 반대편 쪽에는 차들이 다니고 있었고 보행자 도로에 드문드문 사람들도 있었다. 경찰들이 출동하게 된 것도 그 사람들의 신고 때문이었다.

경찰차는 중간에 경수의 경로에 진입하려다 몇 번을 놓치고 세종대로 쪽 입구에서 그를 기다리게 된 것이다. 경수는 자신 역시 신고를 위해 휴대폰을 꺼냈으나 달리는 오토바이 위에서 너무 당황한 나머지 전화기를 놓치고 말았다고 진술했다.

경찰들은 수족관이 즐비한 상가 건물 근처에서 깨진 휴대폰 하나를 발견하였다. 경수가 진술한 지점과 크게 다르지 않았다.

휴대폰을 잃어버리고서 경수는 더욱 당혹감을 느꼈다. 용기를 내서 멈춰볼까 말까를 고민하는 사이 그의 오토바이는 휴일에 통행이

금지된 구간의 플라스틱 바리케이트를 뚫고 지나갔다. 광통교 부근의 청계천변은 아수라장이 되었다. 땅이 찢어지면서 튄 돌멩이 등에 가벼운 찰과상을 입은 사람들도 많았다. 다행히 둘둘 말린 덩어리는 착실하게 경수의 오토바이만을 따라간 것인지, 직선 도로를 벗어나지는 않았다.

왜 중간에 옆길로 새려는 생각을 하지 않았느냐는 질문에 경수는 어이없다는 듯 대답했다.

"제가 만약 나래교나 수표교 따위를 넘었다면 무게 때문에 다리가 무너졌을 걸요? 몇 번 그럴까 생각은 했지만 반대편은 다니는 차들도 있었고, 암튼 그놈은 제 뒤에 너무 바짝 붙어 있었다니까요."

경수의 말은 타당성이 있었다. 그것의 직경은 거의 오십 미터에 육박하고 있었고 무게를 상상할 수 없는 콘크리트 덩어리였기 때문이다.

전례 없는 사건 때문에 나라 전체가 들썩였다. 경찰들은 우선 경수에게 몇 가지 경범죄를 적용할 수 있는지를 보기 위해 조사에 착수했다. 하지만 어떤 교통 카메라에도 경수가 신호를 위반하거나 규정 속도를 초과한 정황은 포착되지 않았다. 게다가 경수가 그런 것들을 무시하고 달렸다 하더라도 당시의 응급상황을 고려했을 때 큰 죄를 부과할 수는 없었다.

처음에 땅이 깨지는 소리를 듣지 못하게 한 오토바이 머플러의 구조 변경 역시, 소음 측정기 결과 팔십 데시벨을 초과하지 않은 것으

269

로 드러나 처벌 대상이 되지 않았다. '부주의' 어쩌고로 시작된 질문 역시, 누가 달리면서 매번 뒤를 돌아다보느냐는 경수의 조리 있는 반문에 소용없는 것이 되고 말았다.

서울의 자랑이며 시민들의 위안이라는 청계천로의 한쪽 길은 도륙 당한 고기의 살처럼 속을 드러내고 있었다. 사람들은 과일 껍질처럼 땅이 벗겨질 수 있다는 데 놀라움을 감추지 못했다. 땅 밑에 묻혀 있던 철근이며 배수관이 훤히 드러났다. 마장동 부근에서 광화문까지 연결된 도로가 전면 통제되었다. 만일의 사태에 대비해 반대편 차로는 물론 남쪽과 북쪽을 연결하는 청계천변의 다리들은 모두 차단되었다. 차들이 해당 구간을 경유할 수 없게 되자 서울 전체의 교통 혼잡은 예상을 초월했다. 하루도 지나지 않아 인근 상인들과 시민들의 불만의 소리가 끓어올랐다. 건설교통부와 국토해양부, 그리고 각종 과학 단체에서 땅덩어리 혹은 돌덩어리로 불리는 그것에 관한 연구를 진행했지만, '땅이 두루루 말렸다'는 사실을 제외하고는 그 밖의 어떤 새로운 정황도 포착할 수가 없었다.

제일 먼저 목소리를 높인 것은 일부 종교인들이었다. 그들은 광분했지만 기다려 마지않았던 종말의 도래일지 모른다는 사실에 기대에 찬 듯 보였다. 인간성을 상실하며 개발로만 치닫는 현 작태를 하늘이 더 이상 두고 보지 않은 것이라 하였다. 환경 단체도 만만찮게 깃발을 높이 세웠다. 생태의 흐름을 고려하지 않고 미관과 전시 효과만을 고려한 정부의 시도가 돌이킬 수 없는 결과를 가져왔다는 것이었다.

그들은 녹색 옷을 입고 덩어리가 멈춘 곳에 모여들어 집회를 열었다. 거대한 달팽이집처럼 말려 있는 도로를 보고 예술의 초극을 꿈꾸는 젊은 집단이 단체로 성명을 발표하기도 하였으며, 청계천의 역사를 연구하는 단체들이 숨은 비밀을 밝혀내야 한다며 새로운 조사 기관을 위한 보조금을 요구하기도 하였다. 무속인 연합에서는 광통교에 떠도는 신덕왕후의 원혼이 들고일어난 것이라며 전 국민이 참여해 큰 굿을 벌여야 한다는 내용의 연판장을 돌렸다.

할 말이 있는 사람들은 넘쳐났다. 조금이라도 관련이 있다고 생각하는 거의 모든 개인과 단체들이 성명서를 발표했다. 마침내 정치권의 공방이 시작되었다. 연관 있는 부서 장관들의 개인적 비리가 공개되었고 여당과 야당 간 책임 논란이 일었다. 어떤 절차와 방법에 의해서든 누군가는 사태를 짊어져야 하는 국면이 전개되었다.

모종의 힘들이 경수를 지목하였다.

경수는 일단 무죄방면 되었지만 취조와 탐문을 위해 경찰서와 법원을 들락거리게 되었다. 청계천과 그의 이름 석 자가 인터넷에서 검색어 순위 1위로 올랐다.

나이 28세, 거주지 마장동, 동대문 신평화시장 마네킹 도매 업체 직원, 고향… 취미… 애정 관계….

경수와 조금이라도 안면이 있는 거의 모든 사람들의 증언이 인터넷상에 소개되었다. 동대문에서 일하는 사람치고 서점에 가기를 좋아했다는 점이 알려지자마자 비의적 음모론에 관심 있는 사람들이 댓글을 난사했다. '그에게는 분명히 무언가가 있다'는 것이 그들의 최종 결론이었다.

경수가 사는 마장동 월셋집이 도마에 오르기도 했다. 우시장으로 유명한 그 동네에는 소의 원한이 사라지지 않는 몇 군데의 거점이 있는데, 경수가 세 들어 사는 집이 바로 그 거점 세 곳이 합쳐지는 지점이라는 것이다. 누군가는 그의 고향에서 내려오는 '말하는 숲' 전설을 인용하고 그럴듯한 괴담을 늘어놓기도 하였다. 어떤 사람은 그가 언젠가 버들다리 위에 있는 전태일 동상을 어루만진 적이 있다는 사실에 주목했고, 다른 사람은 그 사실로부터 종북주의를 끌어내기도 했다.

경수가 근무하던 마네킹 업체는 몰려든 기자들로 몸살을 앓았다. 그 와중에 전위예술을 한다는 미인 예술가는 벌거벗은 존재에 대한 영감을 얻었다며 마네킹으로 변장해 청계광장에 서 있기도 하였다.

경수의 일상이 낱낱이 공개되었다. 그는 동대문시장의 여러 가게들을 전전하며 점원으로 일해왔다. 신발 도매 상가에 있기도 하였고, 공구상에서 일하기도 하였다. 전문 기술은 없었으며 주로 판매와 배달 업무를 하였고 '다방'이라는 간판이 달린 곳에 가끔 들락거리곤 했다. 열여덟에 고향을 떠난 뒤 십 년, 마장동 일대의 월셋방을 전전하며 돈을 벌었지만 납입금 이백만 원이 채 되지 않는 주택 청약 통장이 그가 가진 전부였다. 시장에서 알게 된 동료에게 돈을 빌려주었다 날린 일도 있고, 가장 오래 일했던 타일 가게에서는 밀린 월급을 받지 못하고 쫓겨나기도 했다. 그는 십 년 전이나 지금이나 비슷한 삶을 살고 있었다. 그가 걸어온 길에 특별히 이상한 점은 발견되지 않았다. 이상하지 않다는 게 이상할 뿐일 정도로 경수의 생활은 평범했다. 하지만 경수에 대한 조사는 끝이 나지 않았다.

그 와중에 거대한 덩어리는 여전히 청계광장에서 꼼짝을 않고 있었다. 즉시 그것을 치워야 한다는 의견과 역사적 사건의 기념물로 남겨두어야 한다는 의견들이 팽팽히 맞물려 덩어리의 거취는 쉽게 정해지지 않았다. 교통은 여전히 엉망이었으며 일대를 오가야 하는 많은 시민들의 불평은 높아가기만 하였다. 정치권의 지도력에 대한 의문이 제기되었고, 누가 나라를 망치고 있는지에 대한 홍보성 제작물들이 사이버 공간을 떠돌았다. 모두의 분노가 응집되어가고 있었다.

경수가 가장 의심을 받는 부분은 왜 하필 그 시간에 책을 사기 위해 청계천변을 이용해 교보문고까지 갈 생각을 했느냐는 것이었다. 경수는 명쾌하게 "책이 많잖아요."라고 대답했지만 그렇게 간단명료한 동기는 쉽게 용인되지 않았다.

경수를 비난하는 사람들 중에 가장 허무맹랑한 자 하나가, 그 동안 경수가 산 책의 목록을 찾아 필요한 몇 개의 단어들을 발췌하기 시작하였다. 열망, 동경, 바람, 제 자리, 모순, 새로운, 기회, 영원…

여러 차례의 재판이 열렸다.

아무런 범법 행위도 찾을 수 없다는 처음의 판결과 달리 경수는 형법 제 87조 내란죄와 115조 소요죄 등에 의해 국가의 존폐를 위협하는 심각한 범죄를 저지른 것으로 판결을 받았다. 걱정 말라며 싸워보자던 국선 변호사는 판결 직후 어디론가 사라지고 말았다.

경수는 창살 안에 갇히게 되었다. 그는 '책이 많잖아요'라는 말 외에 '바람을 쐬러 나갔다'는 말을 덧붙이지 않아서 사태가 이리 된 것은 아닐까 고민해보았다. 어쩌면 그가 서점에 너무 많이 들락거린 것이 화근이 되었는지 모른다. 그러나 경수는 자신이 짝사랑하는 그 여자에 대해서는 아무 말도 않기로 한다. 이유 없이 그녀의 사진이 인터넷 사이트에 오르도록 만들고 싶지는 않아서였다.

경수는 서럽고 암울한 마음이 되었다. 스물여덟 해를 멋지게 살아온 것은 아니지만 그렇다고 열심히 살지 않은 것은 아니라는 생각 때문이다. 다른 사람 아닌 자신에게, 왜 하필 이런 일이 생겼는지 이해할 수가 없다. 그 덩어리는 어째서 할리 데이비슨 같은 오토바이를 따라가지 않은 것일까? 청계천변에서 한가로이 데이트를 해본 적도 없는 자신이 어찌해서 이런 일을 겪게 되는 것인지 알 수가 없다.

경수는 그 밤을 떠올려본다. 이상한 길 덩이에 쫓기며 청계천로를 달리다가 문득 건너편에 뜬 초승달을 본 기억이 난다. 지치고 비루한 일상들을 숨긴 불 꺼진 건물 위로 번뜩거리는 달이 떠 있었다. 경황 없었던 그 순간에 어째서 그것이 눈에 들어왔을까? 그 가느다란 달은 마치 지금 경수가 있는 이 차가운 바닥처럼 생소하고 매정하게 느껴졌었다.

경수가 옥에 갇혀 눈썹 같은 달을 떠올린 바로 그 순간, 서울 시내, 전국 곳곳에서 이상한 일들이 일어났다. 도로가 깨지면서 말리기 시작한 것이다.

원단을 배달하는 오토바이며 환자를 수송하는 구급차, 음악을 크게 튼 승용차나 피자 배달 오토바이 뒤로 길이 깨지며 말려왔다. 마치 파를 채칼로 썰 때 껍질이 도르르 말리는 것처럼 길들이 말리기 시작한 것이다.

경수가 그날 밤 잠시 청계천로를 달렸던 딱 그 시간 동안, 전국의 수많은 길들이 동그랗게 말리고 말았다. 사람들은 패닉 상태에 빠졌다. 경수의 오토바이 단 한 대였을 때 그렇게도 말이 많았던, 그리고 어떻게든 책임을 덮어씌우고야 말았던 그 사람들이 일제히 입을 다물어버렸다. 자신이 걷고 있는 길 혹은 운전하고 있는 길 또한 언제 동그랗게 말려버릴지 모르기 때문이다.

당연하게도 경수는 다시 무죄방면 되었다.

심아진

신의 길

태초에 하나님이 천지를 창조하시니라
땅이 혼돈하고 공허하며 흑암이 깊음 위에 있고
하나님의 신은 수면에 운행하시니라(창세기, 1:1-2)

천지를 창조하기 전, 신은 흑암, 혼돈, 공허라는 세 벗과 함께 있었다. 신과 벗들은 아무것도 보이지 않는 곳에서 혼란으로 요동치는 가슴을 진정시키며 고요한 산책을 하곤 했다. 벗들은 신의 창조에 대해 근심이 많았다.

한 점의 얼룩도 없는 완전무결한 흑암이 신의 계획을 통곡으로 만류했다.

"도대체 왜 자청해서 일을 벌이시려는 거죠? 저는 이대로도 충분히 좋은데…"

흑암은 신이 무엇을 구상하고 있는지 알고 있었다. 자신과 정확히 반대되면서 동류인 짝, 빛을 만들려는 것이었다. 흑암은 윤기 흐르는 검은 머리를 흔들며 괴로워했다.

"빛은 모든 것을 망쳐버리고 말 거여요. 숨겨져 있던 고결한 비밀을 티끌 하나까지도 찾아내려 하겠죠."

신은 말없이 흑암을 어루만져주었다. 흑암은 신이 구상하는 처음은 알 수 있었지만 그 끝은 알지 못했다. 다만 그 역시 자신처럼 괴로워한다는 것을 느낄 수 있을 뿐이었다.

감정의 기복이 심한 혼돈이 축 쳐져 있는 흑암을 등 떠밀며 신께로 나아왔다. 그의 주변에서 소란한 파장이 일었고 순식간에 동요와 불안이 솟아났다.

"전 당신이 하려는 일에 찬성해요. 우리 모두는 당신이 만든 만물에 깃들어 그 세상이 어떻게 전개되어 가는지 볼 수 있겠죠. 재미있을 것 같지 않아요?"

혼돈의 입가에 잔인한 미소가 번져나갔다. 그는 불의와 정의, 선의와 악의, 기쁨과 슬픔이 어떻게 맞닿아 있는지 잘 알고 있었다. 형태의 귀퉁이 한 부분, 의미의 작은 토씨 하나만 틀어도 그것들은 쉽게 변질되어버릴 터였다.

하지만 시니컬했던 혼돈은 자신이 신을 얼마나 사랑하고 있는지 깨달았다. 그는 의기양양하던 태도를 갑자기 의기소침하게 바꾸고는 걱정스레 신에게 말했다.

"지금이라도 그 계획을 접어버리세요. 우리들로 이미 완벽하지 않

심아진

나요?"

신은 이번에도 아무 대답을 하지 않았다. 혼돈은 그의 눈에 어린 단호함을 읽었다. 어쩔 수 없는 일이다. 신은 종류가 다른 완벽함을 만들고 싶은 것이다. 그의 고집은 곧 그의 본질이므로 아무도 꺾을 수가 없다. 혼돈은 가학과 피학이 섞인 묘한 표정을 지으며 물러났다.

신은 이제 공허가 찾아오길 기다렸다. 그가 차분하고 끈질기다는 것을 알기에 신은 조급해하지 않았다. 마침내 끝도 시작도 없는 길에서부터 걸어왔다는 듯 피곤해 보이는 공허가 신을 불렀다.

"왜 저희들을 모두 없애버리고 그것들을 만들지 않으시는 겁니까?"

신은 쓸쓸한 미소를 지었다. 공허는 그 질문 자체가 이미 아무짝에도 쓸모없는 것임을 잘 알고 있었지만 집중력을 잃지 않고 다시 물었다.

"흑암과 혼돈이라도 떼어내 버리세요. 저만 있어도 충분히 세상을 지켜낼 수 있을 겁니다."

공허는 '아니면 흑암과 혼돈을 두고 저만 없애시든지요.'라고 말하려다, 신이 이미 자신의 대사를 알고 있다는 사실을 느끼고는 입을 닫았다. 처연하고 건조한 부동의 시간이 흘렀다.

마침내 신이 자신의 일을 시작하기 위해 일어섰다. 그는 세 벗을 돌아보며 빙그레 웃었다. 그 웃음에는 세 벗과 완벽히 다르면서도 일치

하는 놀라운 세상을 만들 준비가 되어 있다는 자신감이 흘러넘쳤다.

그리고 아둔한 세월이 흘렀다. 어느 면에서 적절한 세월이기도 했다. 신은 여전히 자신이 만든 세계와 세계가 아닌 다른 곳을 부유하고 있다. 예상대로 흑암과 혼돈과 공허는 뜨거운 커피에 녹아드는 설탕처럼 세상 구석구석으로 스며들었다. 명암이 조금 변했을 뿐인 흑암과 형태에 약간의 변화만 가해진 혼돈, 그리고 순수하게 압축되었을 뿐인 공허가 가끔씩 신의 길에 나타나곤 했다.

"조금 하얘진 것 같기도 해요."

흑암이 말했다.

"전 아무 짓도 하지 않았어요."

혼돈이 말했다.

"창조 전이나 후나 다를 게 뭐여요?"

공허가 말했다.

신은 자신의 본질인 고집을 꺾지 않으며 다만 그윽한 미소로 그들을 응대할 뿐이었다.

심아진

김의규

• 한 마리의 양 · 길 위에 서다 #1 · #2 · #3

〈양들의 낙원, 늑대 벌판 한가운데 있다〉에 이어
제2부 〈한 마리의 양, 길 위에 서다〉를 시작했다.
사람은 누구나 세상에 속해서 살고,
그 뒤로는 세상에 속하지 않는다.
어리석은 내 안의 양 한 마리를 세상 곳곳으로 여행시키며
많은 것을 볼 작정이다.
자, 한 마리의 아둔한 양아, 서둘러 걸어가라.

화가이며 미니픽션 작가. 어른을 위한 동화집 《양들의 낙원, 늑대 벌판 한
가운데 있다》, 트윗픽션집 《그러니까 아프지마》, 미니픽션 2인집 《그녀의
꽃》 등이 있다.

한 마리의 양￥길 위에 서다 #1
– 이슬

양은 무리를 떠나 들과 산 여러 곳을 지나 여기까지 와서 마침내 쓰러졌다. 낯선 포식자들의 추적도 아랑곳하지 않고, 거칠고 두려운 들판을 헤매다 끝내는 죽음을 받아들이기로 했었다.

새벽 찬 이슬이 양의 눈썹과 코끝에 맺혔다. 벌판 끝부터 희뿌연 안개가 피어오른다. 땅이 기지개를 켜며 하품을 하는 것.

땅의 입김이 점점 커지며 밀려와 누워 있는 양의 몸을 덮는다. 촉촉한 안개가 서늘하면서도 포근하다고 느끼며 양은 새벽잠이 더욱 깊었다. 햇살이 수평으로 퍼지다가 조금씩 떠오르며 둥글게 대지를 품을 때 안개가 걷혔다.

양의 눈썹 끝에 매달린 이슬 몇 방울이 떨어져 뺨 위로 굴렀다. 설핏 깬 양은 꿈에서 자고 깬 것이라고 생각했다가 다시 자고 깨어나니 어쩌면 이 모든 것이 아직도 꿈일지 모르겠단 생각이 들었다.

하지만 실눈에 들어온 황금빛 찬란한 온누리는 꿈이라고 하기엔 너무나 생생하다. 낯선 모습으로 기울고 서고 누운 모든 나무와 풀들이 어둠을 털어내고 있으며 풀잎의 이슬방울들은 저마다 햇빛을 동그랗게 말아 모아 빛난다.

나뭇가지에 펼친 거미줄에 송알송알 맺힌 이슬방울마다 세상을 담아 비춘다. 이슬 한 방울에 오직 한 세상의 모습이 담겨 있고 그것을 들여다보는 양의 눈망울이 있으며 이슬방울과 눈망울은 서로를 비추어 담고 있다. 양의 눈 속에 이슬이 맺히고 그 이슬 속에 제 두 눈이 있으며 그 눈 속엔 또 이슬이 있다.

이렇게 이슬 속에 이슬이 눈 속에 눈이 있어 둘 사이에는 무한한 공간이 만들어지고 이어졌다. 그곳엔 아무 소리도 없는 고요만 있었고 그것은 진공이었다. 진공은 아무것도 없음이 아니라 오히려 빈 것으로 빈 틈없이 채운 것이어서 소리 없음으로 고요라는 소리를 낸 것이다.

땅 끝에서 느리게 달려온 바람 한 줄기가 가볍게 거미줄을 흔들자 이슬방울들은 저마다 작은 종소리를 낸다. 양은 눈으로 종소리를 보았고 들었다. 밝음이 있기까지는 어둠이 있어야 했으니 낮을 지나 다음의 새 아침이 오기까지 어두운 밤이 굳이 싫을 까닭도 없다는 것을 더하여 알았다.

양은 구부렸던 등을 펴고 접혔던 다리에 힘을 주어 몸을 일으킨다. 일어선 높이만큼 세상은 더 멀리 보이고 고개를 쳐들어 하늘을 우러러본 만큼 하늘은 가까웠다.

기지개를 켜고 진저리를 치자 털에 붙은 이슬들이 사방으로 산산이 흩어지며 마지막 빛을 쏟아냈다. 눈에 보이는 대로 물기 어린 새싹

283

을 한 입 뜯어 우물거리며 양은 생각한다. 자기는 길 위에서 잠을 자다 꿈을 꿨고 길 위에서 깨어났다. 깨어난 자신은 길 위에 서 있고 길은 가는 것으로 그 이름이 이뤄지는 것임을 알았다.

양은 고개를 끄덕이며 앞으로 갈 길의 먼 곳을 가늠하고는 문득 뒤를 돌아보았다. 아무도 따라오지 않는다. 오직 자신이 걸어온 어지러운 발자국만이 난분분하게 찍혀 있을 뿐이었다.

한 마리의 양¥ 길 위에 서다 #2

– 바람

끝없는 벌판 한가운데는 모든 길과 이어진다. 그러니 어디든 갈 수 있지만 딱히 갈 곳이 없다면 제자리를 벗어날 수 또한 없다. 어차피 벌판 저 끝에서 왔으니 걷는 그 쪽으로 가는 것이 맞다며 양은 눈을 반쯤 감고 멀리 지평선을 겨누어 본다.

문득 한 줄기 서늘한 바람이 불어왔다. 바람 속에는 먼 곳의 많은 이야기가 담겨 있음을 냄새로 알 수 있다. 바람에는 고소하고 비릿한 양젖 냄새가 희미하게 묻어 있으니 먼 곳 어디에선가 새끼 양이 태어나고 넘치는 엄마 양의 젖을 함부로 흘리며 잔뜩 배불리 먹었나보다.

양은 눈을 지그시 감고 자기의 어렸을 때를 삼삼하게 그려본다. 엄마가 그리웠다. 지금 자신을 스쳐간 이 바람이 어쩌면 과거의 자기로부터 현재의 자기에게 불어왔고 그리고 서둘러 미래의 자기에게로 불어갈 것이란 생각이 들었다. 아니 어쩌면 미래로부터 불어와 자기를 거쳐 먼 과거로 부는 바람일지도 모르겠다는 생각을 한다.

이때 마침 자신이 가늠하고 가는 쪽에서 맞바람이 되불어오니 그 바람은 분명히 미래로부터 온 것이라고 생각한다. 양은 코를 벌름거

김의규

리고 냄새를 찾으며 제 미래의 어떤 이야기들을 알고자 한다.

그러나 간신히 알 수 있는 것은 마른 풀의 냄새와 이름 모를 꽃들의 미미한 향기뿐이었다. 자기가 갈 곳은 마른 풀 서걱이고 이름도 모르는 꽃들이 드문드문 피어있는 그런 곳일 뿐인가? 그곳에는 새로움에 대한 바람과 기쁨을 채워줄 다른 어떤 것이 없다는 것일까?

양은 무릎에 힘이 풀려 걸음을 멈추고 고개를 떨구었다. 이제 막 죽음과도 같은 깊은 잠에서 깨어나 새로 걷는 새 길인데 별로 바랄 것도 새롭지도 않은 길을 또다시 걷는다는 것에 뜻을 둘 수 없었다.

해는 어느새 높이 떠 양의 등을 뜨겁게 달군다. 얼마 걷지도 않은 것 같은데 목이 말랐다. 발밑에 붙어 움츠린 제 그림자가 문득 속삭였다.

"다른 곳에서 불어오는 물바람 냄새를 찾아 갈 곳을 바꿔봐. 저 황량한 곳의 풀과 꽃 냄새가 무슨 의미가 있겠어?"

그때 다른 목소리가 들려왔다.

"아저씨, 조금만 비켜주세요. 아저씨가 제 햇빛을 가리고 있어요."

고개를 더 숙이고 살펴보니 양의 투박한 발굽 바로 옆에 하마터면 밟을 뻔했던 민들레 아기 꽃이 샛노란 얼굴로 피어 있었다. 양이 얼른 자리를 비키며 옆으로 발을 옮기려는데 또 다른 목소리가 다급하게 들렸다.

"아저씨, 조심하세욧. 저를 밟겠어요."

그곳엔 민들레보다 더욱 작은 보랏빛 제비꽃들이 옹기종기 모여 피어 있었다. 양이 주변을 둘러보아 꽃이 없는 풀밭에 서니 거기에서 "으윽" 하는 소리가 났다. 그것은 양이 밟은 풀이 내는 소리였다. 풀은 신음 소리만 간신히 냈을 뿐 양에게 어떤 말도 하질 않았다. 양은 맨 흙이 있는 곳으로 자리를 옮기고 풀에게 물었다.

"너는 왜 내게 밟지 말아달라고 하지 않는 것이지?"

풀이 머뭇거리며 말했다.

"나를 뜯어먹지나 않으면 고맙죠."

그 말에 양은 자기가 무엇을 바라는지 생각해보았다. 이 벌판 건너 저 끝 어딘가에 아직도 이름 모를 꽃밭이 있는 것이다.

양이 어린 꽃들에게 물었다.

"너는 왜 노랗게 피었고 너는 또 왜 보랏빛으로 피었지?"

꽃들이 한 목소리로 대답했다.

"이렇게 빛깔이 서로 뚜렷하게 달라야 햇님이 하늘에서 보면 우리가 쉽게 눈에 띈대요. 이것은 아주 오래 전부터 있어온 우리들의 말이지요."

바람이 또 분다. 이 바람에는 짠내, 비린내와 쇳내, 삭은 나무 냄새 그리고 처음 맡아보는 과일 향기가 났다. 양은 그것이 언젠가 늙은 양에게서 들은 바 있는 바다 냄새일 거라고 생각한다.

그러나 폭 넓은 냄새의 범위에도 불구하고 그 냄새가 짙지 않은 것으로 보아 바다는 꽤 먼 곳에 있으리라는 생각이 든다. 어쩌면 그 바다에 가는 것이 양의 바람일 것이라며 고개를 주억거린다.

김의규

양은 비로소 알 듯했다. 바람은 지나온 곳의 모든 이야기를 품고 있었고 또한 달려온 만큼의 시간과 거리를 말해주었다. 바람에게 물어볼 바람만 있다면 다 들을 수도 있다. 꽃들에게도 마찬가지여서 묻고자 하는 뜻을 갖는 즉시 스스로 그 이야기를 다 알 수 있을 것이다.

벌판 끝에서 희뿌연 먼지가 이는 것을 보니 가까운 곳의 이야기를 들을 수 있겠다며 양은 고개를 치세우고 다시 걷기 시작한다.

한 마리의 양 ✕ 길 위에 서다 #3

– 소쩍새

하늘 한가운데까지 오른 해는 온누리에 빛살을 쉼 없이 뿌려댔다. 누군가는 뜨겁다고 할 것이고 누군가는 따뜻하다고 할 것이다. 밤이 되면 누군가는 달과 별을 볼 수 있어서 좋다고 할 것이고 누군가는 어두워서 싫다고 할 것이다.

이처럼 모든 일과 모든 것은 그러하니 이렇다고 할 수 없고, 이러하니 그렇다고도 할 수 없는 것이라는 뜻을, 양은 따갑게 쏟아져 내리는 햇살을 팽나무 밑에서 잠시 피하며 생각했다.

낮잠이 밀려와 잠깐 눈을 붙이려는데 나무 위에서 기척이 나서 올려다 보니 늙은 소쩍새가 몸을 추스르며 나뭇가지를 단단히 부여잡느라 내는 소리였다. 양이 뜨거운 햇빛을 피해 잠시 쉬었다 가겠다며 소쩍새에게 양해를 구하자 소쩍새는 컬컬한 목소리로 대답했다.

"나그네이구려. 한동안 여길 들르는 나그네가 없었는데 반갑소. 나는 낮에는 잘 볼 수가 없어서 나무 속 그늘에서 쉬며 생각만 하고 있지요."

양이 물었다.

김의규

“무슨 생각을 합니까? 하루의 반은 밝은데 그 긴 시간 동안 무슨 생각을 하지요? 그리고 매일매일 늘 같은 생각을 하나요? 아니면 매일 다른 생각을 하는가요?”

늙은 소쩍새는 잘 보이지도 않는 두 눈을 번갈아 껌벅이며 아무 대꾸도 하질 않는다. 양은 생각 없이 서둘러 물어본 자신의 경솔함을 곧 깨달았다. 조금 전 양은 그러하니 이렇다고 할 수 없고 이러하니 그렇다고도 할 수 없다는 말을 스스로 얻었음에도, 그 얻음은 바로 잃어버림이 된 것이다.

그렇게 잃음을 하나 더 얻었다고 생각했지만 모두 부질없는 말뿐인 것 같아 말의 있음과 없음에 대한 뜻을 생각해보기로 했다. 양이 생각에 잠겨 있는데 늙은 소쩍새가 좀 더 낮은 목소리로 느릿느릿 말을 했다.

“무슨 생각? 생각을 미리 생각하고 한 적이 없어서 무슨 생각을 했는지 또 하는지 그리고 앞으로 할 것인지에 대답하기가 어렵죠.”

양은 그 말이 맞다며 이제 말과 생각이란 것을 생각하기로 했다. 양과 소쩍새는 서로 아무 말없이 생각과 쉬는 것으로 한낮의 열기를 피했다.

후끈한 열풍이 몇 차례 지나고 해가 서편으로 조금씩 기울자 들녘엔 제법 선선한 바람이 불어왔다. 이제 몸을 일으켜 갈 길을 가야겠다고 마음을 먹는 순간 나무 위 늙은 소쩍새가 다시 말을 했다.

“나그네는 양이오? 아니면 염소요?”

양이 염소거나 양이거나 무슨 차이가 있느냐고 묻자 소쩍새가 다시 물었다.

"그러면 그대의 몸은 검은 빛깔이오? 아니면 흰 빛깔이오?"

양이 대답했다.

"내 몸이 반쯤은 흰 털이고 반쯤은 검은 털인데 어떤 이는 나보고 희다고 하고 또 어떤 이는 검다고 합니다. 그리고 어떤 이는 가까이서 보면 얼룩이라고 하고 멀리서 보면 회색이라고 하는데 반반씩 섞였으니 그냥 반둥이 양이라고 하면 될 것 같습니다. 하하하."

이 말에 소쩍새도 함께 웃으며 말을 이었다.

"내가 어떤 때 '솟탱', '솟탱' 할 때가 있고 '솟쩍다', '솟쩍다' 할 때가 있는데 이를 듣고 사람들은 흉년이 들면 솥이 텅 비어서 '솟탱', '솟탱' 하고 풍년이 들면 쌀이 솥에 가득 차서 오히려 솥이 적다고 '솟쩍다', '솟쩍다' 라고 한다고들 하지요. 하하하."

양과 소쩍새는 그렇게 한바탕 웃으며 서로 언젠가 또 볼 것을 약속하고 헤어졌다.

붉어진 해의 붉은 기운이 서쪽 하늘을 온통 불지른듯 하고 건너편 하늘엔 개밥바라기별이 벌써 밝다.

그 길 나를 곁눈질하다

지은이 노순자 외 25인

1판 1쇄 인쇄 2012년 12월 10일
1판 1쇄 발행 2012년 12월 22일

발행인 김소양
편집주간 김삼주
디자인 방지혜
마케팅 김지원, 이희만, 장은혜

발행처 ㈜ 우리글
출판등록번호 제 312-2010-000113호
출판등록일자 1998년 6월 3일

주소 서울 서초구 양재2동 299-5 남양빌딩 6층
전화 02-566-3410 팩스 02-566-1164
홈페이지 http://www.dameet.com 블로그 blog.naver.com/wrigle

값은 표지에 있습니다.
978-89-6426-058-6   03810

잘못 만들어진 책은 구입하신 서점에서 교환해드립니다.